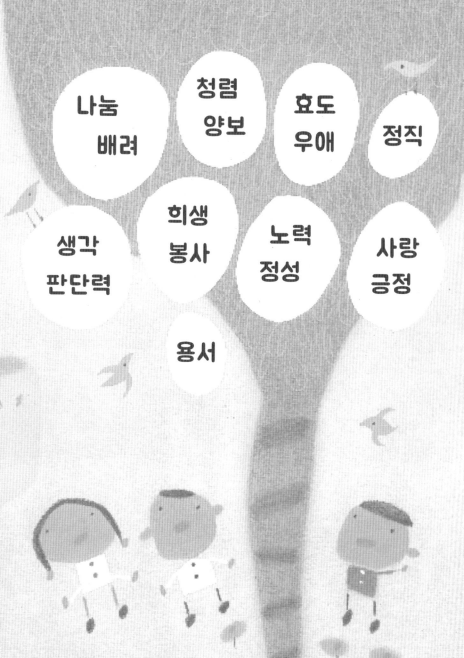

아빠가 들려주는

인성동화

아빠가 들려주는
인성동화

1판 1쇄 발행ㅣ2014년 2월 7일
2차 개정 1쇄 발행ㅣ2019년 4월 9일

지은이ㅣ심후섭
펴낸이ㅣ이상배
펴낸곳ㅣ좋은꿈
디자인ㅣ김수연

등록ㅣ2005년 7월 28일(제396-2005-000060)
주소ㅣ경기도 고양시 일산동구 장백로 26, 103동 508호
　　　(동문굿모닝힐 1차) (우)10449
전화ㅣ031-903-7684 팩스ㅣ031-813-7683
전자우편ㅣleebook77@hanmail.net
블로그블로그 • 네이버ㅣwww.joeunkoom.com

ⓒ심후섭, 좋은꿈 2014
ISBN 979-11-950231-6-5　03800

■ 책 값은 뒤표지에 있습니다.
■ 저작인과의 협약에 따라 검인지는 붙이지 않습니다.
■ 잘못 만들어진 책은 구입한 서점에서 바꾸어 드립니다.
■ 이 책 내용의 일부 또는 전체를 인용하거나 다시 쓰려면
　반드시 출판사와 저작인의 허락을 얻어야 합니다.

어린이제품안전특별법에 의한 제품 표시
제조자명 좋은꿈 | **제조년월** 2019년 3월 | **제조국** 대한민국 | **사용연령** 8세 이상

아빠가 들려주는

인성동화

심후섭 글

좋은꿈

인성은 평생의 재산이다

요즘 우리 사회에서는 창의성과 인성을 많이 강조합니다. 창의성은 무엇을 새롭게 생각하여 유익하게 창조하는 힘이고, 인성은 사람으로서 바르게 살아가는 힘입니다.

창의성은 나라나 개인 간의 심한 경쟁사회에서 살아남기 위해서 더욱 필요한 힘이고, 인성은 스스로 바르고 착하게 살아가기 위해 꼭 갖추어야 할 품성입니다.

그런데 창의성이 아무리 뛰어나도 바른 인성이 뒷받침되지 않으면 '지킬 박사와 하이드'에서처럼 사람다운 사람이 될 수 없습니다.

바른 인성을 기르는 데는 여러 가지 방법이 있습니다만 중요한 것 중 하나는 훌륭한 이야기를 읽거나 듣고 그것을 본받는 것입니다. 그래서 많은 도덕 교과서에는 훌륭한 사람들의 이야기가 실려 있습니

다. 훌륭한 사람이란 큰 벼슬을 하고, 돈과 명예가 있고, 공을 세운 위인을 얘기하는 것이 아닙니다. 바르고 정직하고 참다운 행실을 보여 준 사람이 곧 훌륭한 사람입니다.

이 책에는 바른 인성을 길러 주는 이야기 35편이 실려 있습니다. 동서고금을 통해서 우리에게 많은 가르침을 주는 아름다운 이야기를 가려내었습니다. 인성은 평생의 재산이며, 실력이기도 합니다. 아무쪼록 이 이야기에서 우리 어린이들이 어떻게 생각하고 어떻게 행동해야 할지를 깊이 생각해 보기 바랍니다.

틀림없이 유익한 가르침이 되리라 생각합니다.

지은이 심후섭

차 례

3 참을 줄 알아야 크게 이룬다

인성이
실력이다

내 마음이 진실하다면

1
아버지, 아버지, 우리 아버지

오늘은 어버이날이구나.

일 년 365일 어버이를 생각하지 않는 날이 어디 있

겠느냐만 특별히 어버이날을 정한 까닭이 무엇이

겠니?

사람들이 어버이의 은혜를 쉽게 잊어버리기 때문

이 아니겠니.

늙어서 정신이 오락가락하는 노인이 모처럼 아들

과 거실에 마주 앉게 되었어.

아들은 큰 회사 사장이었는데, 몹시 바쁘다며 아버

지와 한자리에 앉는 경우가 드물었어.

그때 우연히 까마귀 한 마리가 창가의 나무에 날아

와 앉았대.

노인이 아들에게 물었어.

"저게 무엇이냐?"

아들이 대답했어.

"까마귀예요, 아버지."

그런데 노인은 잠시 후 다시 묻는 거야.

"저게 무엇이냐?"

아들은 다시 대답했지.

"까마귀라니까요!"

하지만 노인은 조금 뒤 또 물었어.

"저게 뭐냐?"

아들은 큰 소리로 말했어.

"글쎄, 까마귀라니까요."

그런데 얼마 안 있어 노인은 또 묻는 거야.

"저게 무엇이냐?"

그러자 아들은 화가 나서 큰 소리로 외쳤어.

"깍깍, 우짖는 까마귀라고요. 도대체 몇 번을 말해
야 돼요."

아들의 큰 소리에 노인은 고개를 떨구더니 소파에

한없이
끝이 없이

기댄 채 그대로 잠이 들고 말았어.

잠든 노인의 가슴에는 누렇게 바랜 공책

한 권이 안겨져 있었어.

'저건 무엇일까? 아버지가 무엇을 적어

두었을까?'

그것은 일기장이었어.

아들은 그 일기장을 펴 보았어.

거기에는 자기가 세 살짜리 아기였을 때

의 이야기가 쓰여 있었어.

○월 ○○일

오늘은 까마귀 한 마리가 창가에 날아와

앉았다.

어린 아들은 "저게 뭐야?" 하고 물었다.

나는 '까마귀'라고 대답해 주었다.

그런데 아들은 연거푸 열 번이 넘게 똑같

이 물었다.

귀여운 아들을 안아 주며 끝까지 다정하게

대답해 주었다.

나는 '까마귀'라고 똑같은 대답을 열 번이 넘도록 하면서도 즐거웠다.

아들이 새로운 것에 관심이 있다는 것에 대해 감사했고, 아들에게 사랑을 준다는 게 *한없이 즐거웠다.

인성 가꿈이

애야, 이 일기를 본 아들은 어떻게 했을 것 같니?

'반포지효(反哺之孝)'라는 말이 있지. '새끼 까마귀가 먹이를 토해서 어미에게 먹여 주는 효도'를 가리키는 말이란다. 새끼 까마귀는 어렸을 때에 어미가 자신에게 해 준 것처럼 음식을 물어다 준 것이지. 이 이야기는 우리에게 효도란 무엇이고, 어떻게 해야 하는 것인지를 가르쳐 준단다.

2
기찻길 옆 오두막집

고운 마음으로 살아가면 어떤 일이 생길까?
행운은 그냥 오는 것이 아니고, 곱게 가꾸어야 하는
꽃모종 같은 게 아닐까 생각한다.
사랑하는 아이야!
기차 소리를 들으니 문득 오래 전에 들었던 이야기
하나가 떠오르는구나.

1950년 무렵, 미국 네브래스카 주에서 있었던 일이
란다.
도시에서 멀리 떨어진 외딴 들판으로 기차가 달려
가고 있었지. 이 기찻길 옆에는 작은 *오두막집이
한 채 있었고…….

기차가 지나갈 때마다 예닐곱 살쯤 되어 보이는 소녀가 마당에 나와 손을 흔들곤 하였대. 그러면 기관사 아저씨들도 "뽁 뽁!" 하고 기적을 울리거나 손을 흔들어 주었지.

이 소녀의 이름은 엘렌이었단다. 엘렌이 하루도 빠짐없이 마당에 나와 손을 흔들자 이 오두막집을 지나는 기차의 기관사들은 누구나 엘렌을 알게 되었지.

그런데 엘렌이 손을 흔들기 시작한 지 일 년쯤 지난 어느 날이었단다. 그날은 웬일인지 엘렌의 모습이 보이지 않았대. 기관사들은 엘렌의 모습이 보이지 않자 몹시 궁금해졌지.

'이상하다. 이 시간이 되면 어김없이 웃는 얼굴로 손을 흔들곤 했는데……'

엘렌의 모습은 그 다음 날도, 또 그 다음 날도 보이지 않았대.

기관사들은 더욱 궁금해졌단다.

오두막집
사람이 겨우 들어가 살 정도로 작고 초라한 집

'이사를 갔나? 그렇지는 않은 것 같은데. 옥수수밭에
서 일하는 사람들은 여전히 엘렌의 부모들이었어.'
마침내 기관사들은 이리저리 연락하여 엘렌의 소식
을 알아 보았지.

그랬더니 엘렌이 폐렴에 걸려 꼼짝도 못 하고 누워
지내고 있다는 것이었어. 그러나 가난한 엘렌의 집
에서는 엘렌을 먼 도시에 있는 병원으로 데리고 갈
엄두를 내지 못하고 있었대.

"천사와 같은 엘렌을 살립시다."

"좋은 일입니다. 엘렌은 착한 소녀입니다."

기관사들은 철도회사 사장과 의논하여 엘렌의 오두
막집 앞에 잠시 기차를 세우고 엘렌을 태워 병원에
데리고 가기로 하였대.

그리하여 엘렌의 집 앞에 기차를 세웠지. 갑자기 들
판에 기차가 서자, 승객들은 무슨 사고가 난 게 아
닌가 하고 모두 놀랐지.

기관사가 승객들에게 그동안의 일을 말하고 엘렌을
기차에 태웠어.

엘렌이 기차에 오르자 박수가 쏟아졌어. 그리고 엘

렌의 사연을 알게 된 승객들은 그 자리에서 돈을 모으기 시작했대. 순식간에 모인 돈이었지만 엘렌의 치료비로 충분한 액수였지.

시카고의 큰 병원에 입원한 엘렌은 곧 치료를 받고 병이 나았다는구나. 집으로 돌아오게 된 엘렌은 전과 다름없이 기차를 향해 손을 흔들었고…….

기관사들과 승객들의 아름다운 마음씨가 엘렌의 생명을 살릴 수 있었던 거야. 기차가 없었다면 엘렌의 목숨은 어떻게 되었겠니? 넓은 들판의 외딴집이라 마차를 타고 달렸다면 열흘이 지나서야 병원이 있는 도시로 나올 수 있었으니 매우 위험하였겠지. 정말 다행이지.

인성 가꿈이

무엇보다 중요한 것은 엘렌의 따뜻한 마음씨가 아닐까 해. 엘렌이 진심에서 우러나오는 마음으로 손을 흔들지 않았다면 아무도 엘렌을 기억하지 못했을 거야. 결국 엘렌은 아름다운 마음씨 때문에 자신을 구할 수 있었던 것이지.

3

오늘이 바로 내일이란다

"Tomorrow never comes."라는 서양 속담이 있단다.

'내일이란 결코 오지 않는다'는 뜻이지. 즉 오늘 해야 할 일은 오늘 하라는 교훈을 담고 있단다.

그러고 보니 내일(來日)도 '올 래, 날 일'이니 '다가오는 날'이라는 뜻이고, 내일을 명일(明日)이라고도 하는데 이 말도 '밝을 명(明), 날 일(日)'이니 '밝아오는 날'이라는 뜻이지.

서양에서도 'tomorrow'는 'to(향하여)'와 'morrow(아침)'가 합쳐진 말이니, '다가오는 아침'이라는 뜻일 뿐 선을 그은 것처럼 분명하게 볼 수 있는 어느 정해진 시간을 말하는 것은 아닐 거야.

어느 이발소 주인이 손님이 없자 가게 문에 글을 써서 붙였단다.

내일은 공짜로 이발을 해 드립니다.

이 글을 본 사람들은 저마다 공짜로 이발을 하려고 다음 날이 되기를 기다렸단다.

"내일이 되기를 기다려 이발을 해야지."

어떤 사람은 머리가 긴데도 꾹 참았고, 어떤 사람은 아직 이발을 할 때가 되지 않았는데도 다음 날을 기다렸지.

이윽고 이튿날이 되자 사람들이 이발소로 달려왔단다. 주인은 신이 났지.

이발을 마친 뒤 손님들이 그냥 가려 하자 주인이 말했어.

"손님, 왜 이발료를 내지 않고 그냥 가십니까?"

"아니, 공짜로 이발을 해 준다고 하지 않았소?"

그러자 주인이 힘주어 말하였어.

"도대체 '언제 공짜'라고 하였습니까?"

손님들은 바깥으로 나가서 "내일은 공짜로 이발을 해 드립니다."라고 쓰여 있는 글을 가리켰지.

"보시오. 여기 '공짜'라고 되어 있지 않소!"

그러자 주인은 답답하다는 듯이 대꾸하였어.

"어디에 '오늘은 공짜'라고 되어 있습니까? '내일은 공짜'라고 했지요."

"나는 어제 이 글을 보았단 말이오. 그러니 오늘이 공짜가 아니오?"

"지금 당신이 머리를 깎은 이 *시각은 분명히 오늘이지, 내일이 아닙니다."

"그렇다면 언제 와야 공짜란 말이오? 내일 와도 그 시각에서 보면 역시 '오늘'이 아니오. 그러면 영원히 내일은 없는 것 아니오?"

"그렇습니다. 언제나 오늘만 있을 뿐입니다."

정말 내일이란 없는 것일까?

그렇구나!

내일은 우리들 생각 속에만 있는 것이로구나. 오늘 힘들여 일하는 것은 내일을 위해서인데, 그 내일이란 오늘과 이어져 있다는 것이지.

그러니 우리에게 주어진 가장 확실한 시간은 바로 지금 '이 순간'이라는 사실을 잊어서는 안 된단다.

인성 가꿈이

우리가 말하는 과거와 미래는 어디까지나 '지금 여기(here and now)'를 기준으로 이루어지는 것임을 잊지 말아야겠구나. 항상 지금 이 순간을 가장 소중하게 생각하고 성실하게 살아가야 하는 것이란다.

그래, 톨스토이가 쓴 『이 세상에서 가장 중요한 질문 세 가지』라는 소설을 꼭 한번 읽어 보기 바란다. 우리에게 밝은 지혜를 주는 이야기가 들어 있단다.

4
임금이 된 고아

부모님을 일찍 여읜 고아도 왕이 될 수 있을까? 물
론 있지. 사람은 꿈을 가지고 부지런히 노력하면 무
엇이든 이룰 수 있단다.

중국 명나라의 첫 임금인 주원장이 어렸을 때의 일
이야. 주원장은 아버지가 전쟁터에서 목숨을 잃고,
어머니마저 *유행병으로 숨을 거두자 고아가 되고
말았어. 고아가 된 주원장은 절로 가서 심부름을 하
며 공부를 하였대. 그런데 매우 착하고 부지런해서
스님들이 서로 주원장을 자기 제자로 삼으려 하였
다는구나.
주원장이 자라서 청년이 되었을 때의 일이야. 나라

에서 세금을 너무 많이 거두어 백성들을 못 살게 하자 농민들이 난리를 일으켰어. 주원장도 절에만 있을 것이 아니라 농민들을 도와야겠다며 농민 군대에 들어갔지. 거기서도 주원장은 자기의 일을 다 하고는 부지런히 남의 일을 도와주었어. 힘든 일은 전부 도맡아 하였다는구나. 그래서 많은 병사들이 주원장을 존경하고 따르게 되었지.

대장이 죽고 새로 대장을 뽑아야 할 때, 많은 병사들이 주원장을 대장으로 뽑자고 하였어. 그래서 주원장은 어린 나이임에도 대장으로 뽑혔지.

어느 날 싸움을 하기 위해 한밤중에 강가를 지나게 되었는데, 강가에 오리가 알을 품고 있었어. 병사들이 지나가면 알이 깨어질 것은 뻔한 일이었지.

주원장이 명령을 내렸어.

"멈추어라. 더 나아가다가는 오리들이 다

유행병
어떤 지역에 널리 퍼져 여러 사람이 잇따라 돌아 가며 옮아 앓는 병. 또는 같은 원인으로 보통 병보다 많이 발생하는 병

아빠가 들려주는

치게 된다. 그러니 꼼짝 말고 제자리에 앉아라. 날이 밝거든 오리를 피해 다시 가도록 하자.”

그러자 부하들은 반대했어.

“안 됩니다. 지금은 전쟁 중입니다. 그까짓 오리들 때문에 우리 군사들의 목숨을 위태롭게 할 수는 없습니다. 우리가 이곳을 빨리 지나가지 않으면 적들의 공격을 받을 수도 있습니다.”

“그렇지 않네. 우리의 목숨이 소중한데 오리들의 목숨은 중요하지 않은가? 조금만 기다렸다가 내일 아침에 떠날 것이야.”

주원장은 끝내 오리를 다치지 않도록 하였대.

이윽고 날이 새었지. 주원장 부대는 오리를 밟지 않으려고 강가에 이리저리 흩어져 있었어. 만약 공격을 받는다면 꼼짝없이 당하고 말 매우 위험한 처지였지.

그런데 이 모습을 바라보고 있던 적들은 이상하게도 공격해 오지 않았어. 오히려 적군들이 하나 둘씩 항복해 오는 것이었어.

“거 참 이상하다. 우리는 공격을 받으면 피할 곳이

없고, 또 군사의 수도 더 적은데 어째서 자꾸만 항복해 오는 것이지?"

주원장 부대의 군사들은 궁금해 하였어.

항복해 온 군사들이 말했어.

"주원장 장군은 오리의 목숨도 소중하게 생각하시는 인자한 분이라는 것을 알고, 주원장 장군의 부하가 되기로 결심하였습니다."

이와 같이 주원장은 가는 곳마다 싸움도 하지 않고 많은 군사들을 얻게 되었어. 주위에는 나라를 세워도 될 만큼 많은 사람들이 모여들었지.

그리하여 마침내 주원장은 사람들의 청을 받아들여 명나라를 세우고 첫 임금이 되었단다.

인성 가꿈이

어때? 고아라고 하더라도 이처럼 남의 목숨을 소중하게 여기는 착한 리더십을 가지면 무엇이든 될 수 있단다.

5

모두가 백 냥씩 손해라 해도

자기가 손해 보더라도 양보를 하면 어떤 일이 일어
날까?
이 세상은 양보하는 사람이 있어서 더욱 아름답게
이어 가고 있다는 생각이 드는구나.

어느 마을에 동수라는 청년이 살고 있었단다. 동수
네 집은 끼니를 거를 때가 많을 정도로 매우 가난하
였어. 그렇지만 아주 정직한 청년이었지.
어느 날 동수는 나무를 하러 갔다가 산길에서 보따
리 하나를 주웠어. 보따리 속에는 돈이 삼백 냥이
나 들어 있었어.
'삼백 냥이면 매우 큰돈인데…….'

동수는 사방을 둘러보았지. 아무도 보이지 않았어.

'하지만 안 돼! 주인을 찾아 돌려주어야 해. 돈을 잃어버린 사람은 몹시 걱정하고 있을 거야.'

동수가 보자기를 다시 살펴보았더니 이름이 적힌 쪽지가 나왔어. 그 돈은 가재골 박 노인이 도원골 친구에게 보내는 돈이었어.

'이 고개를 넘으면 바로 가재골이 아닌가. 내친 김에 달려가 주인에게 돌려주어야지.'

동수는 그 길로 가재골로 달려갔어.

"어르신, 돈을 잃고 얼마나 걱정하셨습니까. 제가 그 돈을 주워 왔으니 받으십시오."

"이런! 이렇게 착한 사람을 보았나. 이 돈은 받을 수가 없네."

박 노인은 동수를 바라보며 손을 저었어.

"이 돈의 주인은 어르신입니다."

"아닐세. 그 돈은 내가 잘못하여 잃어버린 것이니 이미 내 돈이 아닐세. 자네가 가지게."

박 노인도 매우 올곧은 사람이었어.

"아닙니다. 제 돈이 아닌데 어떻게 가지겠습니까?"

대수
(부정문이나 의문
문에 쓰여) 대단
한 것

이리하여 동수와 박 노인은 다투게 되었
지. 서로 자기 돈이 아니라고 다투는 이
상한 싸움이었어.

지나가던 사람이 두 사람을 보고 말했지.

"그럴 것 없이 원님에게 가서 여쭈어 보
시지요."

"참, 그게 좋겠네."

원님도 마음씨가 넓은 분이었어.

"두 사람이 다 받기 싫으면 내가 받아 두
겠소. 그런데 두 사람이 매우 착하니 내
가 상을 드리겠소."

원님은 자기 주머니에서 돈 백 냥을 꺼
내더니 삼백 냥과 합쳤어.

"자. 박 노인 이백 냥, 동수 이백 냥! 이
렇게 똑같이 나누면 되지 않겠소."

"하지만 원님은 백 냥이나 손해이지 않
습니까?"

박 노인이 머뭇거리며 말했지.

"아니오. 착한 백성을 만났는데 내 돈

백 냥이 *대수겠소. 따지고 보면 모두가 백 냥씩 손해인 셈이오, 하하하!"

"네에?"

박 노인과 동수는 무슨 말인가 하고 고개를 갸웃거렸지.

"자아, 보시오. 박 노인은 삼백 냥을 잃고 이백 냥을 받았으니 백 냥 손해, 동수는 삼백 냥을 주웠는데 이백 냥을 받았으니 백 냥 손해, 나는 내 돈 백냥을 그냥 내어놓았으니 역시 백 냥 손해! 그러니모두 백 냥씩 손해인 셈이 아니오."

"하하하! 그렇군요. 고맙습니다."

세 사람은 마주 보고 즐겁게 웃었어.

그 뒤, 세 사람은 많은 사람들로부터 칭찬을 받았다는구나.

인성 가꿈이

하하하, 나도 큰 소리로 웃고 싶구나. 이런 사람들과 함께 살아가면 더욱 즐겁지 않겠니? 무엇이든 나누면서 말이야.

6
돈을 잘 벌려면

남을 속이고 잘되는 사람을 본 적 있니? 남을 속이고 들키지 않은 사람을 본 적 있니? 남을 속이면 언젠가 들통 나고, 벌을 받게 되는 법이지.

아, 5월! 푸른 달이 되었구나. 왜 푸른 달이냐고? 우리말을 아름답게 가꾸어 나가자는 한 단체에서 '온 산천이 푸르러지는 것처럼 마음이 푸른 모든 이를 축복하자'는 의미에서 5월을 '푸른 달'이라고 부르기로 했대. 참 잘 지은 이름 같구나.
아메리카 인디언들은 종족에 따라 5월을 '말 털갈이 달', '들꽃 시드는 달', '옥수수 김매 주는 달', '오래 전에 죽은 사람 생각하는 달' 등으로 부른대. 이름을 살펴보면 그들이 무엇을 소중히 여겼는지 짐작이 되는구나.

또 영어로는 5월을 May라고 하는데, 봄과 성장의 *여신 Maia의 이름에서 유래되었다고 해. 이 달이 되면 모든 식물이 쑥쑥 자라니까…….

참, 사람들은 대부분 돈을 많이 가지고 싶어 하겠지. 우리가 가진 돈도 5월의 나무처럼 쑥쑥 자라서 많이 늘어났으면 좋겠구나.

제2차 세계대전이 막 끝났을 때의 일이었어. 잭슨과 루이스라는 영국 사람이 함께 장사를 시작했단다. 그런데 전쟁 후라 장사가 잘 되지 않았어. 그래서 그들은 사람들을 속이기로 마음먹었어.

백동 촛대를 은이라고 속였고, 구리 시계를 황금 시계라며 사람들에게 팔았단다. 처음에는 사람들이 속아 넘어갔지만, 반복되자 잭슨과 루이스는 사기꾼

여신
여성의 신. 이 글에서는 로마 신화에 나오는 5월의 여신으로 풍요와 번식을 상징하는 마이아(Maia)를 이름

이라는 소문이 나돌게 되었지.

"이제 아무도 우리를 믿지 않게 되었네, 어쩌지?"

"그래, 그렇다면 오늘부터는 정직하게 장사를 해 보세. 손님들이 우리를 완벽하게 믿을 때까지만 말일세. 한 십 년이면 될까? 그래서 사람들이 우리를 완전히 믿을 때쯤 크게 한탕 해서 그동안 벌지 못했던 돈을 왕창 버는 거야, 어떤가?"

"그래, 그 약속을 꼭 지키도록 하세."

두 사람은 굳게 약속하고 그 길로 헤어져서 각자 정직하게 장사를 하기 시작했지.

한 일 년쯤 지나자 잭슨이 루이스를 찾아왔단다.

"여보게, 아직도 사람들이 날 믿으려 하지 않아. 난 망하기 직전일세."

"잭슨, 나도 마찬가지야. 그러나 어쩌겠나. 우리가 멋지게 한탕 하기 위해 약속한 날까지 정직하게 장사를 하며 버티어 보세."

"으음, 그때까지 어떻게 버티지?"

그러나 두 사람은 다시 굳은 결심을 하고 정직하게 장사를 했대. 장사가 되지 않아 쫄쫄 굶을 때도 많앉으나 꾹 참았지.

마침내 세월이 흘러 약속한 날이 되었어.

반갑게 만난 두 사람은 얼싸안으며 말했지.

"루이스, 이제 사람들은 백 퍼센트 나를 믿게 되었어."

"잭슨, 그것 참 잘되었군! 나 역시 장사가 아주 잘
된다네."

"그런데 오늘은 우리가 크게 한탕 하자고 약속한
날이지. 하지만 그 약속을 어겨야 할 것 같네. 정
말 미안하네."

"괜찮아 친구, 나도 오늘 그걸 말하려고 마음먹고
있었네. 하하하."

두 사람은 결국 크게 남을 속이려던 일을 그만두고
계속 정직하게 장사를 하며 잘 살아갔단다.

인성 가꿈이

그래, 남을 속이지 말고 바르게 살아가는 것이야말로
우리가 지켜야 할 길인 것 같구나.

7
아, 그 뻐꾸기

뻐꾹, 뻐꾸기가 우네. 뻐꾸기 소리를 들으니 문득 떠오르는 이야기가 있구나.

옛날 어느 곳에 부모를 일찍 여읜 형제가 힘들게 살아가고 있었단다. 열두 살 된 형은 유행병 끝에 눈이 멀어 앞을 볼 수 없었고, 열 살인 동생은 몸이 몹시 약했어. 그래도 동생은 마을을 다니며 먹을 것을 구하여 형을 *봉양하였지.

흉년이 든 어느 해, 동생은 주린 배를 참고 먹을 것을 구해 와서 형에게 주었어.

"넌 왜 먹지 않니?"

형은 먹을 것을 구해 오기만 하고 먹지 않는 동생을

이상하게 여기고 물었지.

"응, 나는 건넛마을 잔칫집에서 많이 먹었어."

"이상하다. 그 마을에는 매일 잔치가 열리니?"

"응."

"이 흉년에 무슨 잔치를 여니, 정말이니?"

"응."

"그렇다면 어디 네 팔을 한번 만져 보자."

순간, 동생은 움찔하였어. 그래서 동생은 얼른 다리를 내밀었단다. 자기의 팔이 가느다란 줄 알면 형이 슬퍼할 것 같아서였지.

그런데 형은 동생의 다리를 만지며 생각했어.

'아니, 이 녀석 봐라. 팔이 내 팔만큼이나 굵네. 이 나쁜 놈, 그동안 자기만 좋은 것을 많이 먹고 나에게는 부스러기만

봉양
부모나 조부모와 같은 웃어른을 받들어 모심

아빠가 들려주는

갖다 주었구나.'

그러고는 동생을 닦달하였어.

"그럼, 너 내일 나하고 같이 건넛마을로 가자."

"안 돼, 고개가 무척 높아. 그리고 내일은 잔치가
없어."

동생은 음식 구하기가 어렵다는 것을 형이 알게 되
면 미안해 할까 봐 얼른 둘러대었어.

"어, 이 녀석이 점점……. 내가 앞을 보지 못한다
고 무시하네."

"아니야, 정말이야."

형은 동생이 자기를 무시한다고 생각하고는 욱하는
마음으로 그만 동생의 목을 누르고 말았단다. 아무
것도 먹지 못해 힘이 없었던 동생은 그만 그대로 숨
을 거두고 말았어.

한참을 지나도 동생이 아무런 기척이 없자 형은 더
듬더듬 동생을 만져 보았어.

"아니, 동생 팔이 이렇게 가늘 수가! 그렇다면 아까
내가 만진 것은 동생의 다리였구나. 아아! 이렇게
불쌍한 동생을……."

형은 동생을 부여안고 마구 울부짖었어. 그러다가 형도 그만 숨을 거두고 말았단다.

그리하여 두 형제는 뻐꾸기가 되었는데, 먹을 것이 귀한 봄철이 되면 앞산과 뒷산에서 서로를 애타게 불러 댄다는구나.

그 형제 뻐꾸기는 가끔씩 "포복포복." 하고 울기도 한대. '포복(飽腹)'은 '배부를 포, 배 복' 즉 배가 고프지 않게 밥을 많이 먹어 보았으면 하는 바람이 담긴 소리라고 하지.

인성 가꿈이

잘 들어 봐. 이쪽에서 뻐꾸기가 울면 건너편에서 또 다른 뻐꾸기가 울어 대지. 이 이야기에서 형의 모습은 바로 우리들의 모습이 아닐까 해. 지금 가진 것에 만족하지 못하고 욕심을 부릴 때 우리는 오해를 벗어날 수 없으니까. 늘 오해하며, 늘 더 많이 가지려 하는 우리 모두가 교훈으로 삼아야 할 것 같구나.

8

깨어진 바이올린

'잘 되면 내 탓, 못 되면 조상 탓'이라는 속담을 들어 본 적 있겠지? 또 '목수가 연장 나무란다'는 속담도 들었을 테고……. 이것은 모두 자기의 부족한 노력은 탓하지 않고 책임을 남에게 돌리려 하는 나쁜 *본성을 꼬집은 말이란다. 마찬가지로 사람들은 더러 상대방의 노력을 인정해 주지 않고, 다른 핑계에 정신을 쏟는 경우도 있더구나.

세계적인 작곡가이자 바이올린 연주자인 비발디가 연주회를 열었을 때의 일이란다.
"이번 연주회에 세계에서 하나뿐인 유명한 바이올린으로 연주를 한다지."

세계적으로 이름난 바이올린인 스트라디바리우스로 연주를 한다는 소문에 연주장은 더 *성황을 이루었지.

그런데 무대에 올라 수많은 청중을 본 비발디는 기뻐하기보다 오히려 역정을 내었단다.

'나의 연주보다는 바이올린에 더 많은 관심을 보이는군.'

그러나 비발디는 꾹 참고 연주를 시작했지.

연주가 시작되자 청중들은 눈을 지그시 감은 채 아름다운 선율에 젖어들었어.

"아, 역시 악기가 좋으니까 저렇게 멋진 소리가 나는구나!"

"그래, 옷이 날개란 말도 있지 않은가."

그 순간이었어.

비발디는 갑자기 연주를 멈추고는 바이올린을 높이 쳐들어 바닥에 힘껏 내리쳤단다. 바이올린은 그만 산산이 부서

본성
사람이 본디부터 가진 성질. 사물이나 현상에 본디부터 있는 고유한 특성

성황
모임 따위에 사람이 많이 모여 활기에 찬 분위기

지고 말았지.

"아이고, 아까워! 저런 명품을!"

청중들은 모두 놀라 소리치며 자리에서 일어났단다. 그때 사회자의 목소리가 들려왔지.

"여러분, 놀라지 마십시오. 저것은 스트라디바리우스가 아닙니다. 싸구려 바이올린입니다. 비발디 선생이 바이올린을 깨뜨린 이유는 참된 음악이란 악기에서 나오는 것이 아니라 사람의 노력과 정성으로부터 나온다는 것을 여러분께 보여 드리고자 했기 때문입니다."

"아!"

그제야 사람들은 자신들의 어리석음을 깨닫고 부끄러워했단다.

중국 옛이야기에 '명필은 붓을 가리지 않는다(名筆不擇筆)'는 말이 있단다. 명필은 붓의 좋고 나쁨을 떠나서 훌륭한 글씨를 쓸 수 있어야 한다는 것이지. 붓이 나쁘면 나쁜 대로 종이의 성질에 맞게 붓을 눕히거나 세워서 글씨를 잘 쓸 수 있어야 한다는 것이야.

우리는 흔히 자신이 하는 일이 잘못되었을 경우, 그 책임을 남에게 떠넘기기 쉽단다. 물론 남의 잘못 때문일 수도 있지만, 남의 잘못을 예상하지 못하였으니 결국 마지막 책임은 자신에게 있다는 것을 잊어서는 안 된단다. 돈이 없어서 공부를 못 했다든가, 부모님이 보살펴 주지 않아서 사업에 성공할 수 없었다든가 하는 것들은 대표적인 책임 떠넘기기란다.

인성 가꿈이

책임 떠넘기기를 잘 하는 사람은 무능한 사람이란다. 환경보다 더 중요한 것은 어떤 어려움을 이기고 가꾸어 나가는 사람의 노력이기 때문이지. 무엇이 이 세상에서 중심이 되는지 늘 생각하고, 그것을 지키기 위해 애쓰도록 하렴.

9

회초리 만들기 좋은 싸리를 보니

산에 오르니 싸리가 잘 자라 있구나. 싸리 회초리로 종아리를 맞으면 몹시 아프지. 그러고 보니 문득 떠오르는 이야기가 있구나.

옛날 시장에서 질이 좋은 빗자루를 '서당비'라고 했단다. 서당에서 만들어 온 빗자루라는 뜻이었지. 자식을 서당에 맡긴 부모들이 한 달에 한 번씩 산에 가서 나긋나긋한 싸리를 꺾어 회초리로 만들어 서당으로 보냈단다.

"선생님, 이 회초리가 닳아 없어지도록 아이를 쳐서라도 사람이 되게 해 주십시오."

이리하여 모인 싸리는 큰 *가리가 될 정도였대. 그

러니 서당에서는 싸리가 남아돌아, 하는 수 없이 빗자루를 만들어 시장에 내다 팔았던 거야. 그래서 질 좋은 싸리로 만든 빗자루를 '서당비'라고 일컫게 된 것이란다.

우리나라에서는 예로부터 회초리가 많이 쓰였단다. 선현들을 모신 문묘(文廟)나 학생들이 공부를 하는 서원의 앞뜰에는 대개 *맷돌(鞭臺)이 있었어. 과거에 급제한 생원, 진사는 물론 학생들도 자기가 생각하기에 양심에 걸리는 일을 저지르면 이 맷돌 위에 올라서서 스스로 등짝을 회초리로 쳤단다. 즉 스스로 자신을 때려서 벌을 받는 것이지. 또 이런 이야기도 있단다.

쉰 살 된 아들이 일흔 살 된 어머니에게 회초리를 맞고 우는 이야기란다. 그런데 이 아들은 맞은 종아리가 아파서 운것이 아니라 맞아도 아프지 않은 것이

가리
단으로 묶은 곡식이나 장작 따위를 차곡차곡 쌓은 더미

맷돌
옛날 서원 앞에 있는 섬돌로, 크고 넓은 돌. 잘못한 일이 있으면 이 돌 위에 올라가 스스로 자신을 매질하여 맷돌이라 불렸음

상석
무덤 앞에 제물을 차려 놓기 위해 넓적한 돌로 만들어 놓은 상

슬퍼서 울었다는 거야.

아프지 않은데 왜 울었을까? 그것은 어머니가 늙어서 아무리 자신을 때려도 아프지 않은 것이 안타까웠기 때문이야. 어머니가 힘이 다 빠져 버린 것이 슬펐기 때문이지.

또 옛날 우리 아버지나 할아버지는 자손들 대신 매를 맞기도 했단다. 만약 자손들이 벌 받을 짓을 하면 아버지나 할아버지는 그 자손을 앞세워 선조의 무덤을 찾아간단다. 무덤 앞에서 회초리를 한 줌 꺾어 아들이나 손자에게 쥐어 주고 "자식을 잘못 가르쳐 조상 뵐 낯이 없으니 제가 종아리를 맞겠습니다." 하고 고한 다음 *상석 위에 올라서서 아들이나 손자에게 피가 흐르도록 자기의 종아리를 치게 했대. 아버지나 할아버지의 종아리를 쳐야 하는 아들과 손자는 눈물을 흘리지 않을 수 없었어.

이렇게 조상 앞에서 간접 회초리로 버릇 들이는 것을 '조상(祖上)매' 라고 했단다. 이것은 모두 자손을 잘 가르치기 위한 수단이었지.

짐승들도 마찬가지란다. 사나운 짐승이나 새일수록

자랄 때 어미로부터 고된 훈련을 받는단
다. 어미 사자는 새끼 사자를 열 길 벼
랑 아래로 밀고, 매는 새끼들에게 먹이
를 줄 때 깃에서 뛰어오르지 않으면 받
아 먹을 수 없게 하여 높은 나무 아래로
떨어지게 한단다.

언덕이나 나무에서 떨어진 사자나 매는 다시 제 힘
으로 기어 올라와야 하고……. 그러면 아주 훌륭
한 사자와 매로 자라나게 되지. 특히 이때 나무에
서 떨어졌으나 기어이 기어올라 날쎈 매로 자라난
매는 '낙상매(落傷鷹)'라 하여, 여느 매보다 비싸게
팔렸단다. 다른 매보다 훨씬 사납고 재빨라서 사냥
을 잘했거든.

상석
무덤 앞에 제물을
차려 놓기 위해 넓
적한 돌로 만들어
놓은 상

인성동화

인성 가꿈이

매를 맞으면 아파서 모두가 싫어하지. 그러나 그렇게
해서라도 바르게 자라게 하기 위해 우리 선조들은 매
를 맞아야 할 일이 있으면 기꺼이 맞았단다.

10
함께 나누어 길렀다면

'기쁨은 나누면 두 배로 커지고, 슬픔은 나누면 반으로 줄어든다'는 말을 들어 보았겠지. 그래, 기쁜 일이나 슬픈 일이나 함께 나누는 것이 바로 이웃이고 친구들이 아닐까 하는구나.

미국 서부 지방에서 있었던 일이라고 해.
한 농부가 추수를 끝내고 여행을 가게 되었어. 농부는 모처럼 많은 돈을 가지고 길을 떠났는데, 아주 먼 동부 지방에서 새로운 옥수수를 보게 되었어. 이 옥수수는 막 실험 재배를 마친 새로운 *품종이었어.
"야, 이 옥수수는 우리 지방의 옥수수보다 열매가

두 배나 커. 그래, 이걸 우리 고장에 가져가면 큰돈을 벌 수 있겠구나."

농부는 이 옥수수 씨앗을 잔뜩 사 가지고 돌아왔어. 그러고는 밭에 뿌리고 정성껏 길렀어. 아무도 따 가지 못하도록 밭 둘레에 울타리도 쳤어.

옥수수는 무럭무럭 자라나 대풍작을 이루었어. 탐스러운 열매가 주렁주렁 달린 거야.

농부는 이 옥수수로 가루를 만들어 많은 돈을 벌었어.

그러자 이웃 마을 농부가 찾아와서 말했어.

"이 새로운 옥수수 씨앗을 어디에서 구하셨습니까? 우리 마을에도 좀 나누어 주십시오. 씨앗 값은 후하게 쳐 드리겠습니다."

"안 됩니다. 이 씨앗을 얼마나 먼 곳에서 힘들게 구해 왔는데요. 절대로 나누

품종
농작물, 가축 따위를 분류하는 최종 단계의 이름. 외부적으로 형질 또는 특성이 같고, 유전 형질의 조성이 같은 개체의 집단

아빠가 들려주는

어 줄 수 없습니다."

농부는 한마디로 거절했어. 다른 사람이 농사를 잘 지으면 자기 옥수수의 경쟁력이 떨어질까 봐 욕심을 부린 것이었어.

그 뒤에도 여러 번 이웃 마을에서 찾아왔으나 농부는 번번이 거절하였어.

그리고 이듬해였지.

농부의 옥수수는 예전처럼 볼품없는 열매가 듬성듬성 달렸어.

"아니, 이럴 수가? 전보다 더 작은 열매가 열리다니."

농부는 화가 나서 옥수수 씨앗을 사 왔던 곳으로 찾아갔어.

"어찌 된 일입니까? 한 해가 지나니 옥수수 크기가 다시 작아졌습니다."

옥수수 씨앗을 판 사람이 대답했어.

"아, 그렇다면 당신 밭 근처에 어떤 옥수수가 심겨져 있는지 살펴보아야 합니다. 이 옥수수가 다른 품종과 가루받이가 되면 원래의 옥수수로 되돌아가고

맙니다. 이 옥수수도 처음에는 신통치 않은 옥수수였습니다. 그러나 조금씩 좋은 옥수수와 가루받이를 해서 특별한 옥수수로 개량하였던 것입니다. 그러므로 이 옥수수 근처에 같은 옥수수가 많아야 큰 열매가 계속 달립니다."

"네에?"

농부는 이웃 마을에 옥수수 씨앗을 나누어 주지 않은 것이 크게 후회되었어. 그러나 이미 늦은 일이었지.

인성 가꿈이

그래, '탐욕은 지혜로운 자를 어리석게 망친다'는 성경 말씀이 꼭 맞는 말 같구나.

11

뜬지도 않은 편지

청렴하게 살아가는 벼슬아치를 일컬어 *청백리라
고 한단다. 우리 사회가 깨끗한 사회가 되기 위해서
는 청렴사회가 되어야 한다고 하는데, 어떻게 살아
야 청렴하게 살아가는 것일까?

다산 정약용 선생의 『목민심서』에는 훌륭한 청백리
에 대한 이야기가 많이 나온단다. 그중에 충청도 홍
주 목사 유의라는 사람 이야기를 해 주마.
유의는 1734년 그러니까 조선 영조 임금 10년에
태어났는데, 어려서부터 책을 많이 읽어서 모르는
것이 없었어. 자라서 과거에 급제하여 정언, 지평
등의 벼슬을 지내다가 마침내 홍주 목사가 되어 백

성들의 살림살이를 돌보게 되었어.

유의는 매우 검소하여 한 고을을 다스리는 높은 지위에 있으면서도 찢어진 갓과 성근 도포에 찌든 색깔의 띠를 두르고 조랑말을 타고 다녔어. 또한 이부자리도 남루하여 요나 베개도 없었고…….

생활이 이러하니 백성들이 유의를 존경하여, 형벌을 내리지 않아도 고을이 잘 다스려졌어.

유의는 고을을 살펴볼 때에 밥을 머리에 이고 가는 아낙네를 만나면 그 밥보자기를 풀어 반찬이 어떠한지를 살펴보았어.

"반찬이 빈약한 것을 보니 백성들의 살림살이가 매우 어렵구나. 그럴수록 좀더 부지런히 일해야겠네. 산에서 나물을 뜯더라도 배불리 먹어야 제대로 일을 할 것이 아닌가?"

또 어떤 집 반찬을 살펴보고는 이렇게

청백리
재물에 대한 욕심이 없이 곧고 깨끗한 관리

말했어.

"자네 집 반찬은 지나치게 많고 화려하
여 흡사 주상 전하의 밥상과도 같으니,
백성으로서 어찌 그리 낭비가 심한가!"

이렇듯 세세하게 신경을 쓰며 보살피니
백성들이 그를 매우 존경했지.

한 번은 정약용이 유의에게 편지를 보냈
는데 답장이 오지 않았어.

"어찌하여 제 편지에 답이 없습니까?"

정약용이 유의에게 왜 답장을 보내지 않
느냐고 물었지.

"내가 목사로 있는 동안에는 모든 편지
를 뜯어 보지 않고, 벼슬에서 물러나면
뜯어 보려고 모두 모아 두었네."

"왜 그렇게 하시는 것입니까?"

"자, 이 편지들을 보게. 모두 나에게 무
엇을 부탁하는 편지일세. 이걸 다 들어
주려면 나는 백성들을 많이 괴롭혀야 할
것이네."

유의가 내어놓은 편지는 모두 서울의 높은 *벼슬아치들이 보낸 것이었는데, 하나도 뜯지 않은 것이었어. 유의는 모든 백성들을 공평하게 대해야 한다는 것을 실천한 것이지.

그래서 유의는 지금까지도 청백리로 존경받고 있단다.

인성 가꿈이

벼슬자리에 있으면 욕심을 부리기 쉬운데, 그러지 않고 공평하게 백성을 잘 다스리고 욕심을 부리지 않으면 존경을 받겠지. 이처럼 청렴한 사람이 많은 사회일수록 정의로운 사회라고 할 수 있어.

12
내 마음이 진실하다면

행복하게 살아가려면 어떠한 마음가짐이 필요할
까?
미국 제16대 대통령 링컨 이야기를 한번 들어 보
고 생각해 봐.

노예 해방으로 유명한 미국의 링컨 대통령이 젊었
을 때의 일이야. 당시 링컨에게는 아주 친한 친구
가 있었는데, 이 친구가 링컨에게 자신의 처제와 결
혼해 달라고 제의해 왔어. 처제는 아내의 여동생을
말하지.
링컨은 친구의 처제를 아주 오래 전에 보았기 때문
에 그 모습이 제대로 떠오르지 않았어. 그렇지만 친

한 친구의 제안이었기에 덜컥 약속을 하고 말았어.

그런데 며칠 후 막상 친구의 처제를 만나 보니, 엄청나게 뚱뚱하고 못생긴 여자가 나타난 거야.

링컨은 망설여졌어.

그러나 친구와의 약속을 어길 수는 없었지.

'그래, 나는 신사다. 이 아가씨가 나의 *취향은 아니지만 약속을 깨뜨릴 수는 없다.'

이렇게 생각한 링컨은 마음속으로 "그래, 이 아가씨는 이 세상에서 두 번 다시 볼 수 없는 미인이다. 뚱뚱하다는 것만 빼면 나무랄 것 없다." 하고 수만 번 자기에게 다짐했어.

그리고 큰마음 먹고 아가씨에게 정식으로 청혼했어.

"나와 결혼해 주십시오. 열심히 일해서

취향
하고 싶은 마음이 생기는 방향. 또는 그런 경향

아빠가 들려주는

행복한 가정을 꾸리겠습니다."

그 결과는 어떻게 되었을까?

놀랍게도 친구의 처제가 고개를 가로저었어.

링컨은 친구의 처제가 부끄러운 마음에 거절하는 줄 알고 거듭 청혼을 했지만 그때마다 매섭게 거절당했어.

'후유, 다행이다.'

링컨은 비로소 안도의 숨을 내쉬었어.

하지만 그때 링컨의 마음이 어땠을까?

뚱뚱한 여자와 결혼하지 않게 되어 기쁘기도 했지만, 한편으로는 누구한테 거절을 당하는 좌절감도 느끼게 되었어.

'내가 저런 여자한테도 거절당할 만큼 보잘것없는 남자였나?'

링컨은 자존심에 큰 상처를 입었어.

사실 청년 시절 링컨은 하는 일마다 실패를 거듭하였을 뿐 아니라, 키만 덩그렇게 큰 데다 얼굴은 검은 수염투성이고 못생겼거든.

그래서 두 번 다시 결혼 같은 건 생각도 하지 않겠

다고 다짐했지.

'그렇다. 나는 외모가 볼품없다. 그럴수록 지식을 쌓아야 한다. 그것만이 내가 살아갈 길이다.'

그 뒤, 링컨은 외모보다는 지식을 가꾸어 상대방을 감동시켜야겠다고 다짐하고 열심히 책을 읽었어. 어려서부터 책을 좋아하였는데, 더 열심히 책을 읽는 독서광이 되었지.

그리하여 링컨은 나중에 영부인이 될 여인을 만나 결혼을 하였을 뿐 아니라 대통령까지 되었단다.

인성 가꿈이

링컨이 자신의 외모 약점을 극복하는 것이 자랑스럽지 않니. 외모보다는 마음을 가꾸어야 멋진 사람이란다.

13
천한 사람은 있어도 천한 일은 없다

애야, 너는 앞으로 어떠한 일을 하며 살아갈래?
링컨의 얘기를 하나 더 들려주마.

링컨 대통령만큼 실패를 많이 한 사람도 없을 거야.
어렸을 때 집안이 가난하여 초등학교를 아홉 달밖
에 다니지 못하고 돈을 벌어야 했지. 잡화점을 경
영하다 파산하여 그 빚을 갚는 데만 무려 17년이라
는 긴 세월이 걸리기도 했어. 뿐만 아니라 나중에
는 아내까지 잃고 절망감에 빠졌지만 과감히 털고
일어나 열심히 공부하여 변호사 시험에 합격했어.
그 뒤에 주 의회의원 선거, 상원의원 선거는 물론
부통령 선거에서도 떨어졌어. 그러나 절망을 딛고

도전하여 마침내 대통령까지 되었지.

젊은 시절 많은 실패를 하여서인지 몰라도 링컨은 대통령이 되어서도 겸손했고, 부지런했어. 그리고 검소했고…….

어느 날 아침, *백악관 비서가 급한 일로 대통령 집무실로 향하다가 복도 한 모퉁이에서 허름한 차림으로 구두를 닦고 있는 사람을 보게 되었어.

'감히 누가 대통령 집무실 앞에서…….'

비서는 수상쩍게 생각하며 그 사람에게 다가갔어. 그리고 깜짝 놀라고 말았어. 바로 링컨 대통령이었기 때문이지.

그러지 않아도 대통령은 시골 출신인 데다 옷차림도 허술하다는 이야기가 돌고 있던 터라 비서는 이 기회에 충고를 해야겠다고 마음먹었어.

그래서 이렇게 말했지.

"대통령 각하, 대통령께서 직접 구두를 닦으시다니 말이 됩니까. 다른 사람이

아빠가 들려주는

귀천
부귀와 가난하고
천함을 아울러 이
르는 말. 신분이
나 일 따위의 귀함
과 천함

보면 무어라 하겠습니까."

그러자 링컨은 웃으며 비서를 향해 물었어.

"자기 구두를 자기가 닦는 게 당연하지 않은가. 구두를 닦는 것이 부끄러운 일인가."

"그건 아닙니다만."

"허허 거 참, 사람들은 구두 닦는 일을 천한 일로 여기는 모양인데, 그렇지 않네. 모든 일에는 *귀천이 없지 않은가. 대통령이나 구두닦이나 다 세상일을 하고 있는 것일세. 옛 중국 글에 '부엌에서 불을 때고 양파 껍질을 벗기는 사람도 다 이 세상을 움직이는 한 사람'이라는 구절이 있다고 들었네."

"……."

"그래, 세상에 천한 일이라고는 없네. 천한 사람은 있지만……."

그러면서 링컨은 젊은 시절부터 익힌 능

숙한 솜씨로 구두를 멋지게 닦았지.

그 뒤 링컨은 많은 업적을 남겼는데, 그중에서도 노예 해방은 길이 기억되고 있어. 노예 해방은 사람이 한 일 중에 가장 훌륭한 일로 꼽히고 있을 정도지.

너는 사람이 느끼는 최고의 날이 언제일 것 같니?

결혼을 한 날, 아니면 생일 날, 대학 입학시험에 합격한 날, 취직을 한 날?

그런데 링컨은 "대통령이 되어 노예를 해방시키겠다고 생각한 날이 나에게는 가장 기쁜 날이었다."라고 했다는구나.

인성 가꿈이

『잠 못 이루는 밤을 위하여』라는 명상록을 쓴 사상가 칼 힐티도 "인간 생애 최고의 날은 자기 인생을 다 바쳐 할 일을 자각하는 날이다."라고 했다던데, 정말 두 사람 말이 똑같지 않니.

인성이
재산이다

세상에서 가장 아름다운 소리

14

세상에서 가장 아름다운 소리

울적할 때에 휘파람을 분다면 어떨까? 모르기는 해도 금방 기분이 바뀌지 않을까. 또 아무리 어려운 교향곡이라도 휘파람으로 바꾸어 부른다면 그 곡이 가지고 있는 고귀한 가치를 더욱 깊이 받아들일 수 있을 것이고…….

에스파냐 산악 지방에서는 목동들이 휘파람으로 대화를 한다고 해. 골짜기가 깊어서 높은 곳에서는 아래를 내려다보고, 낮은 곳에서는 위를 쳐다보면서 휘파람으로 의사소통을 한다는 거야. 휘파람은 보통 목소리와는 달리 고주파이므로 메시지를 선율에 담아 멀리 보낼 수 있다는구나.

그런데 얼마 전 신문에 실린 한 이야기를 보고, 이 휘파람 소리야말로 세상에서 가장 아름다운 소리가 아닐까 하는 생각을 하게 되었어.

이 이야기의 주인공은 미국에서 장미를 키우며 살아가는 한 농부인데, 하루 종일 휘파람을 입에 달고 있다는 거야. 그가 부를 수 있는 곡만도 천여 곡이 넘었어.

"그렇게 하루 종일 휘파람을 불면 힘들지 않습니까?"

사람들이 왜 그렇게 하느냐고 물으면 농부는 그저 빙그레 웃기만 했는데, 그 뒤 휘파람을 부는 *연유를 알게 된 사람들은 하나같이 눈물을 글썽이게 되었지. 농부는 사고로 눈이 먼 아내를 위해 휘파람을 불고 있었거든.

농부의 아내는 눈이 멀게 되자 신경쇠약 증세를 보여 조그마한 일에도 불안해 하

연유
어떤 일이 거기에서 비롯되다.

며 안절부절못했어. 심지어 남편이 도망을 가 버리지 않을까 하여 남편 허리에 끈을 매어 따라다니기까지 했지.

그러자 남편이 생각해 낸 것이 아내를 위해 노래를 불러 주는 것이었어. 아내를 휠체어에 태워 밀고 다니며 노래를 불러 주었는데, 얼마나 많이 불렀던지 목이 쉴 정도였단다.

"아이고, 목 아파."

그래서 생각해 낸 것이 휘파람이었어. 휘파람은 멀리 떨어져 있어도 아내의 귀에 잘 들렸거든. 그러면 아내는 남편이 어느 정도 거리에서 무슨 일을 하고 있는지 짐작하고는 안심했어.

'오늘은 아내가 우울해 하는 것 같으니 즐거운 노래를 불어 주어야지.'

남편은 날마다 같은 곡을 불지 않고 아내의 기분에 따라 다른 곡으로 바꾸어 불었는데, 그러다 보니 천여 곡이나 익혀 모르는 노래가 없을 정도가 되었어.

자, 그 농부가 부르는 휘파람 노래를 들어 볼래?

아 목동들의 피리 소리들은
산골짝마다 울려 나오고
여름은 가고 꽃은 떨어지니
너도 가고 또 나도 가야지
저 목장에는 여름철이 오고
산골짝마다 눈이 덮여도
나 항상 여기 살리라
아 목동아, 아 목동아, 내 사랑아.

유명한 '아 목동아'를 그 농부의 휘파람 노래로 들었
다고 생각해 봐. 정말 행복하겠지.

인성 가꿈이

아내를 위한 사랑의 휘파람 노래. 이만하면 이 세상에
서 가장 아름다운 소리라고 할 수 있지 않겠니? 우리
도 누군가를 위해 노래를 불러 보면 어떨까.

15
벌금은 제가 대신 내겠습니다

어려운 사람을 도우면 가장 가슴 뿌듯한 사람이 누구일까? 도움을 받는 사람은 물론 고마워하겠지만 무엇보다 도와주는 사람이 더 가슴 뿌듯할 거야. 그렇지 않니?

미국에 경제 공황이 닥쳤을 때의 일이야.
한 노인이 빵을 훔쳐 먹다가 붙잡혀서 재판을 받게 되었어.
법정에 앉은 판사가 노인을 향해 꾸짖었어.
"나이도 많은데 염치없이 빵이나 훔쳐 먹다니, 차라리 달라고 하지 그랬습니까?"
그러자 노인은 눈물을 글썽이며 대답했지.

"일자리를 잃고 사흘을 굶었습니다. 그러다 보니 그만 아무것도 보이지 않았습니다."

판사는 노인의 말을 듣고는 한참을 고민하더니 엄숙하게 말했어.

"당신이 빵을 훔친 행위는 절도죄에 해당하므로 벌금형에 처합니다. 벌금은 10달러입니다."

그러고는 방망이를 땅 땅 땅 세 번 내리쳤어.

"우와, 너무 심하다. 단돈 1달러도 없는 불쌍한 노인에게 10달러라니!"

"그러게 말이야, 아무리 법대로 해야 한다지만⋯⋯."

사람들이 수군거렸지.

그런데 판결을 마친 판사는 들은 척도 하지 않고 자신의 주머니를 뒤져 10달러를 꺼내는 것이었어.

그러고는 말했어.

"그 벌금은 제가 대신 내겠습니다. 제가 내는 이유는 그동안 제가 너무 좋은 음식을 많이 먹은 죄에 대한 벌금입니다. 저는 그동안 배고픈 이웃을 잊고 좋은 음식을 많이 먹었습니다. 오늘 이 노인 앞에서 지난날을 *참회하고, 그 벌금을 대신 내 드리겠습니다."

판사는 노인에게 10달러를 쥐어 주는 것
이었어. 그러고는 다시 방청석을 향해
말했어.

"이 노인은 오늘 이곳 재판장을 나가면
또 다시 빵을 훔치지 않을 수 없습니다.
그러니 여기 모이신 분들도 그동안 좋은
음식을 먹은 대가로 이 모자에 조금씩이
라도 돈을 기부해 주십시오."

판사는 모자를 방청석으로 내려 보냈어.
그러자 그 자리에 모인 방청객들은 주머
니를 뒤져 1달러도 내고 2달러도 내었
어. 작은 돈이 모여 47달러나 되었지.

그리하여 노인은 무사히 풀려났고, 다시
는 음식을 훔치지 않게 되었어.

이 재판으로 판사는 매우 유명해져서 나
중에 뉴욕 시장까지 하게 되었지. 이 판
사의 이름은 '라과디아'라고 해.

그런데 이 라과디아 시장은 아깝게도 출

장을 가던 중 비행기 사고로 숨을 거두고 말았어.
그래서 뉴욕 시는 시내에서 가까운 허드슨 강 강변
에 공항을 짓고, '라과디아 공항'이라고 이름을 붙
여 그를 기린다고 해.

인성 가꿈이

오늘도 많은 여행자들이 이 공항을 편안하게 사용하
고 있다는구나. 이 공항의 이름과 함께 '라과디아' 판
사도 영원히 기억될 거야.

16
소가 되고 생강이 되어라

오늘이 '스승의 날'이구나.

우리가 따로 날을 정하여 스승의 말씀을 더욱 깊이 새기는 것은 그만큼 스승의 가르침이 중요하기 때문이 아니겠니.

'짐승이 되려거든 소가 되고, 푸성귀가 되려거든 생강이 되라'는 격언이 있단다.

이 말은 우리 옛 스승들의 가르침에서 비롯된 말일 거야.

*초야에 묻혀서 오직 제자만을 가르쳐 온 조식(조선 중기의 학자)은 공부를 마치고 길을 떠나는 제자들에게 한 가지씩 뜻깊은 선물을 했어. 그중 정탁

에게는 "뒤뜰에 소를 한 마리 매어 놓았으니 타고 가게. 그리고 평생 내리지 말게."라고 하였단다.

그런데 정탁이 뒤뜰에 가 보았지만 소는 보이지 않았어. 정탁은 의아해 하다가 금방 무릎을 쳤단다.

"아, 나의 성격이 급하므로 소처럼 천천히 행동하라는 뜻으로 스승님이 마음의 소를 주셨구나."

그 다음부터 정탁은 모든 일을 소처럼 신중하게 처리했단다. 서두르지 않고 늘 상대방의 입장을 존중했어. 그리하여 마침내 훌륭한 학자라는 칭찬을 받게 되었단다. 스승이 준 마음의 소를 잊지 않았기 때문이었지.

훗날 정탁은 이 이야기를 글로 써서 남겼단다. 그리고 자신이 다른 사람들에게 손가락질 받지 않고 무사히 벼슬자리를 마칠 수 있었던 것은 순전히 스승인 조

초야
풀이 난 들이라는 뜻으로, 궁벽한 시골을 이르는 말

식의 덕분이라고 말했단다.

이 이야기는 스승의 가르침도 중요하지만, 제자로서 스승의 가르침을 잘 따르는 것이 얼마나 중요한가를 일깨워 준단다.

조식이 제자들에게 '마음의 소'를 주었다면 율곡 이이(조선 중기의 학자)는 제자들에게 마음의 생강을 주었단다. 율곡은 제자들에게 늘 생강 같은 사람이 되라고 가르쳤어.

생강은 음식 맛을 살리는 귀한 알뿌리 채소란다. 김치는 물론이고 한약을 달일 때에도 들어가야 하지. 과자를 만들 때나 술을 빚을 때에도 생강이 들어가야 그 맛이 한결 돋보이게 된단다.

그러고 보니 이 세상에서 생강만큼 다른 음식과 잘 어울리는 채소도 없을 것 같구나. 생강은 다른 음식 맛을 높여 주면서도 끝까지 자신의 맛을 잃지 않는단다.

그래서 생강 같은 사람을 가리켜 '화이부동(和而不同)'한 사람이라고 하는 것이지. '어울릴 화(和), 말이을 이(而), 아닐 불(不), 같을 동(同)'. 화이부동한

사람이란 다른 사람과 잘 어울리지만 똑같지는 않
은 개성 있는 사람이라는 뜻이란다.

줏대 없는 사람은 이리저리 휩쓸리지만 생강 같은
사람은 꿋꿋이 제 할 일을 하면서도 남과 잘 어울
리는 사람이지.

인성 가꿈이

우리 옛 스승들은 이와 같이 소처럼 신중하게 행동하
고, 생강같이 모든 사람과 잘 어울리되 끝까지 자신
의 지조를 지키도록 가르쳤단다.

17
제가 제사를 지낼게요

우리나라 역사상 가장 슬픈 날 중 하나인 6·25 전쟁이 일어났던 날이 다가오고 있구나. 오늘은 전쟁에 얽힌 이야기를 한 토막 해 주마.

몇 해 전, 어느 작은 기차역에서 일하던 한 늙은 역무원이 선로에 쓰러진 술 취한 사람을 구해 내고 자신은 미처 빠져나오지 못해 숨을 거둔 일이 있었단다. 이 소식은 곧 전국에 알려졌지. 역무원에게는 친척이 없어서인지 장례식장에 찾아오는 사람이 드물었는데, 한 아주머니가 달려오더니 엉엉 울며 *제문을 읽어 내려갔단다. 그 내용을 들은 사람은 누구 할 것 없이 눈물을 줄줄 흘렸단다.

정남북 아저씨께

먼 산에서 뻐꾹새가 아기를 잃었는지 뻐꾹
뻐꾹 울어 대는 초여름입니다. 벌써 40여
년 전 일이라 아저씨는 저를 기억하지 못하
실 것입니다. 그러나 저는 그동안 한시도
아저씨의 이름을 잊어 본 적이 없습니다.
저는 그 무렵 열 살밖에 되지 않은 단발머
리 초등학생이었습니다. 당시 저의 아버지
는 월남전쟁에 참전하였다가 그만 전사하
고 말았습니다. 그래서 어머니가 온갖 힘
든 일을 다 하며 저를 돌보아 주었습니다.
멀리 바닷가에 가서 마른 미역이나 멸치 등
을 사 와서 팔기도 하였습니다.
그 해 초겨울 어느 날, 물건을 하러 간 어
머니가 늦도록 돌아오지 않아서 저는 어머
니 마중을 나갔습니다. 저는 개찰구 앞에
서 기다리다 못해 기차 안으로 들어가 찾
아 보았지요. 그때 그만 기차가 움직이고

제문
죽은 사람에 대하
여 애도의 뜻을 나
타낸 글. 흔히 제물
을 올리고 축문처
럼 읽는다.

아빠가 들려주는

말았습니다.

저는 어쩔 줄 모르고 발을 동동 굴렀습니다. 몇 시간이 지났는지 저는 그만 배도 고프고 힘도 빠져서 구석에 쪼그린 채 깜박 잠이 들고 말았습니다.

제가 눈을 떴을 때에는 전혀 낯선 곳에 와 있었습니다. 저는 어둠 속에서 소리도 질러 보고, 무서운 짐승처럼 우뚝 서 있는 기차 사이를 이리저리 헤매기도 하였습니다. 그러나 마지막 기차역이었던지 쥐 죽은 듯 조용했습니다.

바람은 쌩쌩 불어와 몹시 추웠습니다. 저는 다시 기차에 오르려고 난간 손잡이를 잡았습니다. 손잡이는 매우 차가웠습니다. 그래서 제대로 잡지 못하고 미끄러져 머리를 부딪치는 바람에 그만 정신을 잃고 말았지요. 눈을 뜨자 역사무소 숙직실이었고, 이튿날 대낮이었습니다. 맨 처음 눈에 들어오는 사람의 가슴에 '정남북'이라는 이름표가 붙어 있었습니다. 아저씨께서는 6·25 전쟁 통에 잃어버린 가족을 찾으려고 일부러 사람들을 많이 볼 수 있는 기차역에서 일을 한다고 하셨지요. 저는 아저씨 덕분에 무사히 집으로 돌아올 수 있었습니다. 그 뒤 몇 번이나 철도청으로 감사 편지를 보냈지만 연락이 닿지 않다가 며칠 전에야 겨우 신문을 통해 아저씨 소식을 알게 되었습니다.

아저씨는 선로로 굴러 떨어진 술 취한 사람을 구해 내려다 그만 돌아가시고 말았지요.

아저씨, 가족도 못 찾으셨는데 돌아가시게 되어 얼마나 원통하십니까.

저는 이곳으로 달려오는 서너 시간 내내 눈물을 흘렸습니다. 그래서 앞으로는 제가 아저씨의 딸이 되어 제사를 올리기로 했습니다. 저는 한 분의 아버지를 더 모시게 되었습니다. 그러니 마음 놓으시고 부디 편히 잠드십시오.

새로운 딸 숙이 올림

인성 가꿈이

우리 민족에게 다시는 이런 아픈 일이 없었으면 좋겠구나. 그러려면 우리가 맡은 일을 더욱 잘 해야 할 거야.

18
야단맞은 대왕님

어떤 일을 성공하려면 어떠한 자세로 노력해야 할까. 깊이 집중하는 것도 필요하다고 생각되는구나. 옛 영국의 알프레드 대왕 이야기를 들어 보렴.

알프레드 왕은 덴마크의 데인 족과 싸워서 이기기도 했지만 질 때도 많았어. 당시 영국은 일곱 개의 작은 나라로 나뉘어 있었는데, 여섯 나라가 이미 데인 족에게 *굴복한 상황이었지. 그래도 알프레드 왕은 끝까지 항복하지 않았어.

알프레드 왕이 데인 족에게 쫓길 때의 일이란다. 날이 어두워질 무렵에야 간신히 농가를 발견한 왕은 농부의 아내에게 먹을 것과 잠자리를 청했어.

부엌에서 빵을 굽고 있던 농부의 아내
는 누더기 옷을 입은 채 벌벌 떨고 있
는 알프레드 왕을 보고 매우 불쌍하게
여겼지.

"이 빵이 타지 않게 잘 뒤집어 주세요.
나는 나가서 우유를 짜 올게요."

"알겠소. 얼른 다녀오시오."

알프레드 왕은 자신 있게 대답하고는 빵
을 들여다보았대. 그런데 빵이 뜨거운 열
에 부풀어 오르는데도 뒤집는 것을 잊어
버린 채 곰곰 전쟁 생각에 빠져 있었어.

"옳지. 데인 족의 요새 둘레에 불을 놓
아야겠구나. 바람이 부는 쪽에다 불을
피우고 매운 연기를 요새 쪽으로 보내
면 데인 족들이 눈을 제대로 뜰 수 없
을 거야."

알프레드 왕은 전쟁 생각에 빠져 그만
배고픔도 잊어버렸지.

잠시 후 농부의 아내가 돌아왔어. 부엌

굴복
힘이 모자라서 복
종함

에는 연기가 자욱했지.

농부의 아내는 몹시 화를 내며 꽥 소리를 질렀어.

"아니, 도대체 무슨 짓을 하고 있소. 하나뿐인 빵을 태워 버리면 무얼 먹는단 말이오. 도대체 정신을 어디에 쏟고 있는 것이오."

농부의 아내는 빗자루로 있는 힘껏 알프레드 왕을 후려쳤어.

알프레드 왕은 싹싹 빌 수밖에 없었지.

며칠 뒤 알프레드 왕은 마침내 백성들을 모아 데인 족의 요새를 둘러쌌단다.

그러고는 바람이 불어오기를 기다렸다가 불을 피웠지. 불에다가는 몹시 매운 고추를 넣었고. 그 바람에 데인 족들은 눈을 제대로 뜨지 못하고 우왕좌왕했어.

이때를 놓치지 않고 공격한 알프레드 왕은 크게 승리를 거두었지.

그 뒤 알프레드 왕은 정식 군대를 만들고, 군사들 중 힘과 지혜가 뛰어난 사람을 뽑아 장교로 삼았단다. 그리고 영국에서 최초로 문자로 기록된 법을 만들어서 나라를 바르게 다스리고, 세금도 재산에 따라 공평하게 거두었단다. 또 처음으로 학교를 만들고, 라틴 어를 영어로 번역하여 백성들을 가르쳤단다. 이렇게 나라를 부강하게 만들고 다스린 알프레드 왕은 마침내 '대왕'이라는 칭호를 얻게 되었단다.

인성 가꿈이

싸움에 패하여 쫓기는 신세인데도 알프레드 왕은 절망하지 않고 자신이 하고 있는 것에 집중하고, 끊임없이 생각하였단다. 이렇듯 성공을 거두기 위해서는 그 일에 골똘히 빠져야 한다는 것을 알 수 있구나.

19

곡식을 태우더라도

오늘이 '소만'이구나. '작을 소(小), 찰 만(滿)'. 곧 곡식 열매에 알이 조금씩 차기 시작한다는 절기이지. 옛날에는 이 무렵이 되면 양식이 떨어져서 많은 사람들이 고생을 했단다. 나무껍질을 벗겨 먹고, 풀뿌리를 캐 먹기도 했지. 그래도 먹을 것이 부족하자 진흙을 먹기까지 했대. 많은 사람들이 굶어 죽었지. 그래서 이맘때를 '보릿고개'라고 했단다.

보리가 누렇게 익어 가는 모습을 생각하노라니 문득 떠오르는 이야기가 있구나.

옛날에 부지런한 농부가 있었단다. 이 농부는 매우 가난했어. 땅이 없어서 아무도 엄두를 내지 못하는

높은 언덕 위에서 농사를 짓고 있었단
다. 언덕 위의 *척박한 땅을 일구어 보
리를 심은 것이지.

'올해에는 그런 대로 농사가 잘 되었구
나. 얼른 거두어야지, 식구들이 모두 배
고파하고 있으니. 어, 그런데 왜 이리
어지럽지?'

보리를 베던 농부는 갑자기 땅이 흔들리
는 것을 느꼈단다. 농부는 이리저리 살
펴보았어.

멀리 바닷물이 출렁거리고 있었는데, 금
방이라도 넘칠 것 같았어.

'큰일 났다! 해일이 일어날 것 같구나.
금방이라도 몰려오겠는데. 그런데 언덕
아래 사람들은 아무것도 모르고 있네.
어떻게 하지?'

'해일'은 바닷물이 넘치는 것을 말해.
농부는 곧바로 언덕 아래를 향해 소리
질렀어.

척박
땅이 기름지지 못
하고 몹시 메마름

노적가리
한데에 수북이 쌓
아 둔 곡식 더미

"큰일 났어요, 큰일 났어요! 빨리 피하세요. 바닷물이 밀려와요."

그러나 모두 일하기에 바빠 농부가 외치는 소리를 듣지 못했어.

더구나 언덕은 너무 높아서 언덕 아래 사람들은 농부가 외치는 줄도 잘 몰랐어.

'안 되겠다. 애써 가꾼 보리이지만……'

농부는 얼른 보릿단을 모아 *노적가리를 만들었단다. 그러고는 불을 붙였어. 보릿단으로 된 노적가리는 곧 다닥다닥 소리를 내며 활활 타올랐지.

"아니, 언덕 위에 불이 났다. 귀한 곡식이 타고 있다."

연기가 하늘 높이 솟아오르자 언덕 아래 사람들은 그제야 불을 끄러 달려왔어. 언덕을 빨리 기어오르느라 몹시 힘이 들었지.

그때 사람들이 올라오기가 바쁘게 언덕 밑은 그만 물바다가 되고 말았단다.

그 모습을 보고 놀란 사람들이 물었어.

"아니, 그럼 우리를 구하기 위해 이 아까운 곡식을 모두 태웠단 말이오?"

"그럼 어쩌겠습니까. 아무리 소리를 질러도 못 알아들으니……."

"고맙습니다, 고맙습니다!"

사람들은 몇 번이고 농부를 칭찬하고, 진심으로 고마운 인사를 했어.

농부는 애써 지은 농사가 잿더미로 변했지만 많은 사람들을 구했다는 마음에 아깝지 않았지.

그런데 다른 사람들이 불을 끄기 위해 달려가는 것을 보고도 자기 일만 한 사람은 어떻게 되었을까?

인성 가꿈이

이 이야기는 자기를 희생하더라도 남을 도우면 그것이 곧 자기를 위하는 길이 된다는 교훈을 준다. 지금도 어느 언덕 밑 마을에는 누렇게 보리가 익어 가고 있겠지.

20
모두 내 탓이야

'남의 손을 씻어 주면 나의 손이 먼저 깨끗해진다'
고 했어. 아마도 남을 먼저 생각해 주면 자신의 행
복은 저절로 생겨난다는 것 같구나.

어느 마을에 한 장사꾼이 살았는데, 이 집에는 두
딸이 있었어. 맏딸은 어렸을 때부터 욕심이 많았
어. 무엇이든 자기가 하고 싶은 대로 해야 *직성
이 풀렸어.
둘째 딸은 어렸을 때에는 고집쟁이였으나 자라면서
점점 양보심을 길렀어. 상대방 입장을 생각하며 행
동하기 시작한 거야.
어느 날 장사꾼 집으로 혼담이 들어왔어. *중매쟁

이가 찾아와 말했어.

"이 집 딸을 한꺼번에 모두 시집보내시오. 앞마을과 뒷마을에 모두 좋은 신랑감이 있다오."

그러자 장사꾼이 말했어.

"차근차근 말해 보오."

"앞마을 총각은 아주 부잣집 총각이에요. 그 집에 가면 평생 일하지 않아도 잘 먹고 살 수 있다오."

"뒷마을은?"

"그 집은 조금 가난해도 사람들이 모두 착해요."

그러자 맏딸이 나서서 말했어.

"내가 앞마을 부잣집으로 가겠어요."

둘째 딸은 부끄러워하며 말했어.

"저는 가난해도 괜찮아요."

그리하여 맏딸은 앞마을로 시집을 가고, 둘째 딸은 뒷마을로 갔어.

둘 모두 시집간 지 얼마 되지 않아 부엌

직성
타고난 성질이나 성미(성질, 마음씨, 비위, 버릇 따위를 통틀어 이르는 말)

중매쟁이
결혼이 이루어지도록 중간에서 소개하는 사람

에서 밥을 짓게 되었어. 그런데 긴장을 했는지 그만
둘 다 밥을 태우고 말았어.

앞마을 맏딸 시집에서는 야단이 났어.

"아니, 이것도 밥이라고 한 거야."

"이렇게 새까만 것을 어떻게 먹으라고!"

"도대체 뭘 배워서 시집을 온 거야, 밥도 못 하고!"

맏딸은 진땀을 흘리며 어쩔 줄 몰랐어.

그런데 둘째 딸 시집에서는 큰 소리가 나지 않았어.

먼저 시어머니가 말했어.

"아이고, 내가 옆에서 불을 조금만 때도록 도와주었
어야 했는데……."

그러자 시아버지가 말했어.

"아니오. 내가 나무를 적당히 갖다 주었으면 괜찮
았을 텐데……."

시누이가 말했어.

"아니에요. 제가 물을 더 많이 길어 와서 넉넉하게
붓도록 했으면 괜찮았을 텐데……."

그러자 신랑이 말했어.

"아닙니다. 제가 우리 집 솥은 바닥이 얇다고 말해

주었으면 괜찮았을 텐데……."

모두가 자기 잘못이라고 나섰어.

두 딸은 어떻게 되었을 것 같니?

맏딸은 얼마 살지 못하고 친정으로 돌아왔고, 둘째 딸은 오래오래 잘살았단다.

인성 가꿈이

사랑하는 딸들아! 너희는 어떤 집으로 시집을 가고 싶니? 만약 앞마을로 시집을 가게 되었다면 어떻게 하고 싶은지 생각해 보렴.

21
이상한 나뭇잎

네가 만약 다른 사람의 눈에 보이지 않는 투명인간
이 된다면 어떻게 될까? 붉게 물들어 가는 나뭇잎
을 보니 문득 생각나는 이야기가 있구나.

옛날 어느 곳에 소금 장수가 있었단다. 하루는 고
개를 넘다가 고갯마루에서 쉬게 되었는데, 깜박 잠
이 들었지. 그러자 꿈에 흰옷을 입은 노인이 나타
나 말했어.

"그대는 이 아래 마을에서 가난한 할미에게 소금을
그냥 준 일이 있지?"

"네, 그러하옵니다만……."

"내가 그 보답을 하고 싶으니 어서 일어나 앞을 살

펴보게."

소금 장수는 눈을 번쩍 떴지.

'사마귀밖에 없는데? 그런데 저 사마귀가 나뭇잎을 따서 이마에 붙이네. 앗, 사마귀가 보이지 않네! 이 나뭇잎은 몸을 감추어 주는 힘을 가진 모양이다.'

소금 장수는 그 이파리를 조심해서 가지고 와 이마에 붙이며 집 안으로 들어갔어. 그러니까 식구들이 아무도 모르는 거야.

"애비가 들어왔는데 인사도 하지 않느냐?"

"어, 이상하다. 목소리는 들리는데 아버지는 왜 안 보이지?"

소금 장수가 이마에서 이파리를 뚝 떼었지.

"어, 여기 계셨네."

식구들은 모두 놀랐어.

소금 장수는 신기해 하며 이 나뭇잎으로 사냥을 하기로 했어. 이파리를 이마에 붙이면 산짐승들이 전혀 눈치를 못 채니 사냥은 *식은 죽 먹기였지. 사냥을 하여 쌀도 사고 옷도 사서 아주 잘살았대.

그 무렵, 소금 장수 이웃집에 욕심 많은 사람이 살

식은 죽 먹기
거리낌 없이 아주
쉽게 예사로 하는
모양을 비유적으로
이르는 말

앉아.

"자네 무슨 재주를 배웠기에 그렇게 사냥을 잘하는가?"

"재주는 무슨 재주. 이 이파리로 잡지."

"예끼, 이 사람아. 그깟 이파리로 어떻게 짐승을 잡아?"

소금 장수는 이파리를 이마에 딱 붙여 보였지.

"어, 이 사람이 어디 갔지? 그것 참 신기한 이파리로군. 그걸 도대체 어디에서 얻었나?"

"저기 고개에서……."

그러자 욕심쟁이는 나뭇잎을 얻었다는 고개를 향해 당장 뛰어갔어. 이파리를 수북이 따 와서 방바닥에 가득 펼쳐 놓고는 보물 이파리를 찾는다고 법석을 떨었어. 그러고는 아내를 앞에 앉혀 놓고 이파리를 이마에 붙일 때마다 물었어.

"어때, 내가 보이는가, 안 보이는가?"

"보여요."

그러면 다른 이파리를 이마에 붙이고는 또 물어 댔지. 밤이 깊도록 수많은 이파리를 이마에 붙였지만 요술 나뭇잎은 없었어. 아내는 그만 지치고 말았어. 나중에는 귀찮아서 "아이고, 이제는 앞이 잘 안 보이네요." 하고는 그만 쓰러져 잠이 들었어.

그러자 욕심쟁이는 이제야 보물 이파리를 찾았다고 좋아하면서 이튿날 아침, 날이 밝자마자 장터로 나갔어.

'아무도 날 알아보지 못하렷다. 돈을 실컷 훔쳐야지.' 욕심쟁이는 나뭇잎을 이마에 붙이고는 가게에 들어가서 돈궤를 열고 돈을 꺼내었지.

"어떤 놈이 훤한 대낮에 남의 돈을 훔쳐 가느냐!" 욕심쟁이는 흠씬 두들겨 맞고 관가로 끌려가고 말았대. 하하하!

인성 가꿈이

쓸데없는 욕심을 부리면 이렇게 화를 부른단다.

22
까치밥은 남겨 놓았니

오늘은 겨울이 시작된다는 입동(立冬)이로구나. 그
러고 보니 봄이 시작된다는 입춘(立春)도, 여름이
시작된다는 입하(立夏)도 다 지나갔구나. 그럼 가을
이 시작된다는 입추(立秋)도 있겠지.
앞에 붙은 '입(立)'을 빼니 '춘하추동(春夏秋冬)'이
되는구나.

입동 무렵 시골길을 걷다 보면 마당 한구석에 서 있
는 감나무 꼭대기에 조롱조롱 감 몇 개가 달려 있는
것을 볼 수 있지. 이 감을 '까치밥'이라고 한단다.
왜 까치밥이라고 했을까?
까치가 먹으라고 남겨 두었기에 까치밥이라고 하

지. 형편이 넉넉하지 않은 집이라도 날
짐승들이 먹을 수 있도록 감을 모두 따
지 않는단다. 이 까치밥은 늦은 겨울이
될 때까지 매달려 있다가 새들의 먹이
가 되지.

우리 조상들은 이처럼 짐승들과도 나누
어 먹으며 살아가는 것이 *도리라고 생
각했어.

그래서 집에서 함께 살아가는 가축들을
가리킬 때에도 짐승이라고 하지 않고 '가
축'이나 '생구'라고 했단다. '생구'는 '함
께 살아가는 입'이라는 뜻으로, 집짐승을
높여 주는 마음이 담겨 있어.

까치밥을 남겨 두는 까닭도 날짐승이 있
어야 곡식을 해롭게 하는 벌레들을 막
을 수 있었지만, 그보다는 함께 어울려
살아가는 생명들을 존중했기 때문이지.
이 까치밥을 보고 어떤 시인이 다음과
같이 읊었단다.

도리
사람이 어떤 입장
에서 마땅히 행하
여야 할 바른 길

찬 서리
나무 끝을 나는 까치를 위해
홍시 하나 남겨 둘 줄 아는
조선의 마음이여.

김남주 시인의 시 '옛 마을을 지나며' 중에 나오는
구절이란다.
그런데 도시에서 내려온 아이들은 장난삼아 장대로
이 까치밥을 따 버리곤 하는 경우도 있었나 봐. 이
모습을 본 어느 시인은 다음과 같이 읊었어.

고향이 고향인 줄도 모르면서
긴 장대 휘둘러 까치밥 따는
서울 조카 아이들이여
그 까치밥 따지 마라
남은 빈 겨울 하늘만 남으면
우리 마음 얼마나 허전할까
살아온 이 세상 어느 물굽이
소용돌이치고 휩쓸려 배 주릴 때에도

공중에 오가는 날짐승에게도 길을 내어 주는

그것은 따뜻한 등불이었으니.

송수권 시인의 시 '까치밥' 중에 나오는 구절이란
다. 모두가 함께 살아가는 따스한 마음을 담고 있
구나.

인성 가꿈이

우리도 언제까지나 따스한 마음을 가슴에 품어야겠
지. 그것이 바로 우리가 함께 행복하게 살아가는 길
이 될 테니까.

23
두 무더기 고구마

밥상에 오른 고구마를 보니 문득 생각나는 일이 있
구나. 고구마가 없었으면 아마 많은 사람들이 굶어
죽었을 거야.

내가 너만 할 때였단다. 아버지를 따라, 그러니까
너의 할아버지를 따라 시골로 가는 길에 버스 정류
장에서 잠시 쉬게 되었단다. 할아버지는 "모름지기
사람은 여러 곳을 다녀 보아야 한다."라고 하시며
늘 나를 데리고 다니셨지.
그날도 할아버지는 고향 뒷산에 있는 조상의 산소
를 돌아보러 가는 길이었는데, 마침 일요일이어서
나도 함께 가게 되었어.

버스가 정류장에서 쉬고 있을 때 할아버지께서 말씀하셨어.

"벌써 점심때가 다 되었구나. 요기를 좀 하고 갈까?"

'요기'는 배고픈 것을 달랜다는 뜻이야.

할아버지는 정류장 마당을 휘 둘러보셨어. 마침 양지쪽에 할머니 두 분이 앉아 계셨는데, 삶은 고구마를 팔고 계셨어. 고구마가 여간 맛있어 보이지 않았지.

"저 고구마를 좀 사도록 하자."

할아버지는 돈을 주면서 나에게 두 할머니에게 각각 한 무더기씩 사 오라고 하셨어.

나는 의아해 했지. 한 할머니에게 고구마를 두 무더기 사면 될 텐데, 왜 따로 사라고 하시는 것일까? 한 곳에서 사면 거스름돈 때문에 번거롭지도 않고, 또 고구마도 더 많이 받을 수 있을 텐데⋯⋯. 사실 오른쪽 할머니의 고구마가 왼쪽 할머니의 고구마보다 더 먹음직스러워 보였거든.

그래서 할아버지께 여쭈어 보았어.

"왜 따로따로 사라고 하세요? 한꺼번에 사면 시간

미욱한
하는 짓이나 됨됨
이가 매우 어리석
고 미련한

도 덜 걸리고 양도 더 많을 것 같은데
요."

그러자 할아버지는 조용히 웃으시며 말
씀하셨어.

"애야, 그게 아니란다. 우리는 어차피
두 무더기의 고구마가 필요하잖니. 그
런데 한쪽에서만 사면 다른 쪽 할머니는
얼마나 섭섭하시겠니. 날씨도 추운데 빨
리 팔아야 두 분 다 일찍 집으로 돌아가
실 수 있지 않겠니."

할아버지 말씀을 들은 나는 갑자기 부
끄러워졌어.

나의 *미욱한 욕심과 좁은 생각이 부끄
러웠던 거지. 사실 고구마는 두 무더기
를 샀지만 한 무더기도 다 먹지 못했어.

나는 버스에 앉아 밖을 내다보았어. 두
할머니는 서로 웃는 얼굴로 사이좋게 이
야기하고 계셨어.

만약 우리가 한 할머니에게서만 고구마

를 샀더라면 나머지 한 할머니는 분명히 섭섭한 표
정을 지었을 거야.

인성 가꿈이

지금까지 나는 그때 할아버지의 말씀이 귀에 쟁쟁하
단다.
"얘야, '나만 아는 사람'이 바로 '나뿐인 사람'으로 변
하고, 마침내 '나쁜 사람'으로 변한단다. 부디 여러 사
람을 생각하는 사람이 되어야 한다."
"네가 태어날 때에는 너 혼자 울었지만, 네가 죽을 때
에는 모든 사람들이 너를 위해 울어 주는 그런 사람
이 되어야 한다."

24

눈길을 걷더라도

흙바람이 불어오니 바깥나들이가 쉽지 않구나. 이런 날에 멀리 길을 떠나야 할 처지가 된다면 매우 힘들겠지.

하는 일마다 실패를 하여 삶에 지친 나그네가 있었단다. 그는 새로운 일을 찾아 길을 떠났지.

나그네는 절을 짓고 있는 공사장을 지나게 되었어.

공사장에는 석수장이 세 사람이 돌을 다듬고 있었어.

나그네가 첫 번째 석수장이에게 물었단다.

"무얼 하고 있소?"

"보면 모르겠소? 돌을 깨고 있지 않소."

첫 번째 석수장이는 별일도 다 보겠다는 듯이 아무

렇게나 망치질을 하면서 *건성으로 대
답했단다.

실망한 나그네는 두 번째 석수장이에게
도 물어 보았어.

"거 참, 먹고 살자니 돌이라도 다듬어야
지 어쩌겠소."

두 번째 석수장이도 잔뜩 찡그린 얼굴로
대답했단다.

나그네는 마지막으로 가장 비탈진 곳에
서 힘들게 일하고 있는 세 번째 석수장
이에게 다가가 물었단다.

"네, 보시듯이 우리나라에서 제일 아름
다운 절을 짓고 있는 중입니다. 우선 주
춧돌부터 정성을 들여야 아름다운 절이
되지 않겠습니까."

그제야 나그네는 가슴이 후련해지는 것
을 느꼈단다.

'나보다 더 누추한 차림에, 나이도 더 어
린 사람이…….'

건성
어떤 일을 진지한
자세나 성의 없이
대충 하는 태도

아빠가 들려주는

나그네는 자기도 모르게 세 번째 석수장이에게 절을 했단다.

"아니, 왜 이러십니까?"

"당신은 절을 받을 자격이 있습니다. 나는 일이 조금 힘들다 하여 모든 걸 내던지고 길을 떠나 왔는데, 당신은 나보다 더 힘든 일을 즐겁게 하고 있습니다. 나는 당신을 보고 무슨 일이든지 즐겁게 하고 자랑스럽게 하면 성공할 수 있다는 것을 깨달았습니다."

"허, 그것 참! 별일도 아닌데……."

세 번째 석수장이는 여전히 겸손한 표정으로 머리를 긁적였단다.

나그네는 오던 길을 되돌아갔어. 그는 다시 자신의 일을 열심히 하여 실패를 성공으로 되돌릴 수 있었단다.

애야, 우리는 자신의 일을 대수롭지 않게 여길 때에 흔히 "−나" 라는 말을 많이 쓰는 것 같구나. 예를 들면 "장사나 할까?" 혹은 "농사나 지을까?" 등과 같이. 장사와 농사가 얼마나 중요한 일인데 그렇게 함부로 말하는지 모르겠구나. 만약 그런 사람에게 "농사를 지어 보니 어떠하던가?" 하고 물으면 틀림없이 "밭이나 갈고, 풀이나 베고, 죽지 못해 겨우 살아가고 있다." 하고 대답하겠지.

이보다는 "밭도 매고, 풀도 뽑고……. 바쁘기는 하지만 보람되게 살고 있다."라고 대답한다면 훨씬 값지지 않겠니?

같은 돌을 다듬으면서도 '돌이나 깬다'는 첫 번째 석수장이보다는 '이 세상에서 가장 아름다운 절을 짓고 있다'고 말한 세 번째 석수장이야말로 얼마나 지혜로우며, 통쾌하며, 바람직한 삶의 모습이니!

인성 가꿈이

우리도 이처럼 '–나'라는 말보다 '–도'라는 말을 많이 쓰도록 하자꾸나. 긍정적인 사람이 훨씬 더 건강하게 오래 산다고 하지.

25
지혜로운 사람이 되면

세상에 백 번 천 번을 강조해도 좋은 게 '책 읽기'를 권하는 것일 거야. '책 속에 길이 있다'고 했지. 독서를 해서 성공한 사람들은 아주 많단다.

을파소는 고구려 제9대 임금인 고국천왕 때 사람이었어. 고국천왕은 살기 좋은 나라를 만들기 위해 힘을 기울였단다.
'튼튼한 나라가 되려면 훌륭한 사람이 많이 나와서 나랏일을 맡아야 해.'
이렇게 생각한 고국천왕은 여러 사람에게 물어 보았어.
"누구를 뽑아 나랏일을 맡겨야 이 나라가 더욱 튼튼

해질 수 있겠소?"

"네, 을파소를 뽑아야 합니다."

많은 사람들이 을파소가 좋다고 하였어.

"왜 그렇소?"

"을파소는 아는 것이 많습니다. 또 참을성도 많고 부지런합니다."

고국천왕은 즉시 을파소가 살고 있는 마을로 달려 갔어.

"나라와 백성을 위해 많은 일을 해 주시오."

"아닙니다. 저는 부족한 점이 많습니다."

"아니오. 그대가 훌륭하다는 것은 모든 사람들이 다 알고 있소."

임금은 끈질기게 청하였단다.

그러다 보니 어느새 날이 어둑해졌지.

"정 그러시다면 부족하지만 열심히 일해 보겠습니다."

마침내 을파소는 임금의 청을 물리치지 못하고 허락을 했지.

"그대는 나라를 위해 어떤 일을 하고 싶은지 말해 주시오."

중책
무겁고 중요한 책
임이나 직책

"네, 지금 나라 안에는 굶주린 사람들이 많이 있습니다. 먼저 각 지역에 창고를 세우고 곡식을 저장해 두었다가, 봄에 곡식이 귀하여 백성들이 굶주릴 때에 그 곡식으로 백성들을 살리고자 합니다."

"오, 그것 참 좋은 생각이오. 가을에 곡식을 모아 두었다가 봄에 나누어 준다. 그 다음에는?"

"네, 전국 각지에 학교를 세워 백성들을 깨우치겠습니다. 백성들이 책을 많이 읽어야 성품이 순해질 뿐 아니라 나라를 위해 일할 수 있는 인재가 많이 길러지기 때문입니다."

"오, 과연 훌륭한 생각이오. 짐은 그대에게 국상 자리를 맡기겠소."

그러자 많은 신하들이 반대했어.

"안 됩니다. 그 자리는 너무 높은 자리입니다."

그러나 고국천왕은 그 말을 듣지 않았어.

"훌륭한 사람이 나라의 *중책을 맡는 것은 당연한 일이오."

고국천왕은 기어이 을파소에게 국상 자리를 내렸어. 국상이 된 을파소는 백성들의 배고픔을 해결하고 학교를 세워 나라를 크게 발전시켰단다.

그러자 반대를 했던 신하들도 을파소의 훌륭함에 감동했어.

하지만 벼슬자리에 오르기 전까지 을파소는 매우 가난하여 고생이 많았단다. 그는 작은 고을에서 농사를 지으며 가난하게 살았어. 그러나 조금이라도 시간이 나면 책을 읽었으며, 책에서 알게 된 것들을 깊이 생각하고 실천했지.

그리하여 마침내 국상의 자리까지 올라 훌륭한 일을 많이 하였단다.

인성 가꿈이

자기를 스스로 일으켜 세운 사람들은 하나같이 책을 많이 읽는 책벌레였지. 그리고 깊이 생각하여 자신이 해야 할 일을 분명하게 정한 사람들이었지.

26
임금이 된 나그네

가을이 되니 추수가 한창이구나. 앞으로는 태풍이 더 오지 말아야 할 텐데. 그래야 먹을 것이 넉넉해지고, 먹을 것이 넉넉하면 사람들 마음도 더 푸근해지지 않겠니.

남태평양의 어느 조그마한 섬나라 이야기란다.
이 섬에는 아주 재미있는 풍습이 있었어. 배가 난파해서 사람이 섬으로 *표류해 오면 구해 줄 뿐만 아니라 추장 노릇까지 하게 해 준 다음, 일 년이 지나면 처음 섬에 올 때의 모습 그대로 바다로 되돌려 보내는 것이란다.
어느 날, 한 남자가 부서진 갑판 조각을 타고 이 섬

으로 표류해 왔어.

섬사람들은 이 남자를 구한 다음, 새 옷을 입히고 왕으로 모셨단다.

"우리 섬사람들이 잘 살아갈 수 있도록 바깥세상의 많은 지식을 우리에게 가르쳐 주십시오."

"좋소. 함께 연구해 봅시다."

왕이 된 남자는 생각이 깊은 사람이었단다.

"그런데 전의 왕은 어떻게 하였소?"

남자는 전에 왔던 두 사람의 얘기를 들었지.

"네, 바로 앞의 왕은 보석을 많이 모았답니다. 우리들에게 보석을 많이 가져오라고 야단을 쳤습니다. 이 섬에 그런 돌은 흔하기 때문에 얼마든지 가져다주었습니다. 일 년이 지났습니다. 그 왕은 널빤지를 타고 왔으므로 다시 널빤지에 태워 보내 주었습니다. 그런데 가지고

표류
물 위에 떠서 정처 없이 흘러감

아빠가 들려주는

있던 보석이 너무 무거워 바다를 건너기 전에 그만 물에 빠져 죽고 말았습니다."

"음, 그럼 그 전의 왕은 어떠하였소?"

"그 전의 왕은 먹고 노는 것을 좋아하였습니다. 매일 먹기만 하고 운동은 하지 않았습니다. 늘 잠만 자고 일은 하지 않았습니다. 그러다가 일 년이 다 되어 다시 바다를 헤엄쳐 가도록 했는데, 몸이 너무 무거워 제대로 헤엄을 치지 못하였습니다. 그래서 그 왕도 물에 빠져 죽고 말았습니다."

"허허, 그것 참!"

남자는 혀를 끌끌 차면서 자신은 그런 어리석은 짓을 하지 않겠다고 다짐했어.

남자는 우선 마을의 제일 높은 산에 올라가서 사방을 살펴보았단다. 그는 가까운 곳에 있는 섬이 무인도라는 것을 알았어. 그래서 날마다 배를 타고 섬으로 건너가 부지런히 일을 하였단다. 밭을 일구어 과일나무도 심고, 샘도 파고, 집도 지었지.

그러다 보니 어느새 일 년이 지나갔어. 남자는 섬의 풍습에 따라 처음 이 섬에 올 때의 모습으로 섬을 떠나게 되었단다.

남자는 나뭇조각을 붙잡고 헤엄을 쳤어. 그동안 일을 많이 해서 힘도 길렀고, 물길도 유심히 관찰해 두었기 때문에 쉽게 이웃 섬까지 헤엄쳐 갈 수 있었단다.

그리하여 남자는 그 무인도의 주인이 되었어. 그 섬에는 곡식이 넉넉해서 많은 사람들이 찾아왔는데, 남자는 그 사람들을 이웃으로 받아들이고 잘 보살펴 주었단다.

이 섬을 찾아온 사람들은 남자의 은혜에 고마워하며 모두 행복하게 지냈지.

인성 가꿈이

정말 지혜로운 사람이지. 내일을 위해 준비하면 뜻을 이룰 수 있단다.

27
땅콩은 어떻게 생겨났을까

오늘이 일 년 중 보름달이 가장 밝다는 정월 대보름 이구나. 부럼은 깨었겠지? 우리 조상들은 대보름 날 이른 새벽에 호두나 밤, 은행, 무 등을 깨물며 "일 년 열두 달 내내 *무사태평하고 종기나 부스럼이 나 지 않게 해 주십시오." 하고 빌었단다. 아마도 그때 는 먹을 것이 부족해서였는지 종기나 부스럼이 많이 났던 모양이야. 그래서 이런 기름진 음식을 많이 찾 지 않았나 싶어.

그런데 요즘에는 땅콩도 부럼 깨기에 많이 쓰이고 있지. 땅콩에 얽힌 이야기를 들려주마.

옛날 어느 마을에 놀부보다 훨씬 더 고약한 형과 홍

부보다 더 착한 동생이 있었어.

어느 날 형이 찾아와서 말했지.

"가난한 형편에 어떻게 사니? 날마다 남의 집에 일하러 다닌다며. 그러지 말고 내 땅에 농사를 지으렴. 그래서 반씩 나누자꾸나."

그래서 동생은 형의 밭에 와서 열심히 일을 했지.

처음에는 감자를 심었어. 형은 놀기만 하는데 동생은 부지런히 김도 매고 거름도 주었지.

옛말에 곡식은 사람의 발자국 소리를 듣고 자란다고 했어. 그러니 매일 밭에 나가서 일을 해야지.

이윽고 거둘 때가 되자 형이 말했어.

"자, 반씩 나누기로 했으니까 위의 것은 네가 가져라. 나는 땅속에 있는 것을 가지겠다."

"네, 형님."

무사태평
아무런 탈 없이 편안함

아빠가 들려주는

마음씨 착한 동생은 아무 말도 하지 않고 쓸모없는 감자 싹만 잔뜩 베어 가지고 집으로 왔어.

그리고 다시 씨앗을 심게 되었어.

"자, 이번에는 콩을 심자. 그리고 이번에는 지난해와 반대로 위의 것을 내가 가지고, 밑의 것을 네가 가지면 되지 않겠니. 그래야 공평하지."

"네, 형님. 아무렴 형님이 저에게 손해를 보게야 하시겠습니까."

동생은 또 즐겁게 일을 했어.

그런데 이상한 일이 벌어졌지. 다른 집에는 콩이 주렁주렁 달렸는데, 이 집에는 콩이 하나도 달리지 않은 거야.

"이상하다. 꽃은 피었는데 왜 열매가 맺히지 않는 거지?"

이윽고 추수할 때가 되었어. 그래도 열매가 보이지 않자 하는 수 없이 형은 윗부분을 베어 가며 한탄했어.

"아이고 망했네, 망했어. 그렇지만 뭐 동생도 마찬가지야. 동생은 뿌리를 캐 가게 되었으니 열매

가 없기로는 마찬가지 아닌가. 땔감으로 써도 내

가 더 낫지."

형이 줄기를 모두 베어 간 다음 동생은 뿌리를 캤

어. 그런데 이게 어찌 된 일인지 열매가 모두 땅속

에 묻혀 있는 거야. 뿌리를 캘 때마다 콩이 주렁주

렁 달려 있었지.

"그런데 이 콩은 좀 이상하다. 땅속에 있는 데다 꼭

누에고치처럼 생겼네. 이 콩을 땅콩이라고 불러야

겠네."

동생은 신이 나서 춤을 추었어. 그때부터 땅콩이 생

겨났다는 거야.

인성 가꿈이

그런데 동생이 어떻게 했을 것 같니? 형에게도 거둔

콩을 반 갈라 주면서 말했지.

"형님, 이번에는 콩이 모두 땅속에 묻혀 있으니 정말

이상한 일입니다. 반을 가져왔습니다. 자, 형님도 잡

수어 보십시오. 매우 고소합니다."

그제야 형은 눈물을 흘렸단다. 그 후로 형제는 무엇이

든 반씩 나누어 가졌다는구나.

28
모든 것은 힘들게 얻어진다

새 학기가 시작되었구나. 아마도 학교에서는 교장 선생님께서 "무엇보다도 먼저 사람이 되어라."라는 훈화를 하시겠지.

그래, 네 생각에는 사람을 무엇이라고 설명하면 좋을 것 같니?

오랜 옛날 서양에 철학자 한 명이 살고 있었어. 그 철학자는 아주 먼 나라에까지 이름이 나서 많은 사람들이 그의 가르침을 받으러 모여들었단다.

어느 날, 한 젊은이가 찾아와서 물었어.

"선생님, '사람'이란 도대체 무엇입니까?"

철학자는 곰곰이 생각하다가 대답했단다.

"사람이란 두 발로 걸어 다니는 동물이다."

그 말을 듣고 젊은이는 고개를 끄덕이며 돌아갔지.

그런데 다음 날 그 젊은이가 다시 찾아왔어. 이번에는 닭을 한 마리 가지고 와서 물었단다.

"선생님, 이놈도 두 발로 걸어 다니는데, 그럼 이것도 사람입니까?"

철학자는 잠시 생각하다가 말했지.

"사람이란 두 발로 걸어 다니면서 날개가 없는 동물이다!"

그 말을 들은 젊은이는 다시 고개를 끄덕이며 돌아갔어.

다음 날, 젊은이는 고릴라를 데려왔단다.

"이놈은 두 발로 걸어 다니면서 날개도 없는데, 이것도 사람입니까?"

철학자는 골똘히 생각하다가 말했지.

"사람이란 두 발로 걸어 다니면서 날개가 없으며, 또 털도 없는 동물이다!"

그 말을 듣고 젊은이는 다시 고개를 끄덕이며 돌아갔단다.

사색
어떤 것에 대하여
깊이 생각하고 이
치를 따짐

이번에는 무엇을 데려왔을까?

다음 날 젊은이는 고릴라의 털을 면도
칼로 깨끗이 밀어 가지고 다시 왔단다.

"선생님, 이놈은 두 발로 걸어 다니면
서, 날개가 없으며, 또 털도 없습니다.
이놈도 사람입니까?"

철학자는 잠시 생각하다가 빙그레 웃으
며 대답했어.

"이제야 답을 바르게 말해 줄 때가 되었
구나. 사람이란 바로 자네처럼 생각하는
동물이라네."

"네에?"

그제야 청년은 만족해 하며 집으로 돌
아갔단다.

이 이야기 속 철학자는 매우 훌륭한 분
이지. 젊은이에게 금방 답을 말해 주지
않고, 스스로 답을 알 수 있도록 이끌어
주었으니 말이야.

만약 젊은이에게 처음부터 "사람이란 생각하는 동물이다."라고 대답해 주었다면 그 젊은이는 자기 의문에 대해 *사색할 수 있는 기회가 없었겠지.

우리가 귀하게 여기는 지식은 쉽게 얻어지지 않는단다. 끊임없이 생각하고 노력해야만 얻을 수 있는 달콤한 열매인 것이지.

돈도 마찬가지란다. '쉽게 얻어지는 돈은 쉽게 나가고 만다'는 말도 있지 않니.

인성 가꿈이

지식이 그러하듯 돈도 온 정성을 다해 힘들여 벌어야 하는 것이란다. 그런데 많은 사람들이 그저 쉽게 지식을 얻고 쉽게 돈을 벌려고 하다가 큰코다치는 경우가 많은 것 같더구나.

29
누가 먼저 세수할까

사람은 어디에 기준을 두고 행동할까?
수수께끼 하나 낼 테니 맞혀 보아라.

햇빛을 받아 눈이 녹은 산비탈과, 응달이어서 아직
눈이 녹지 않은 산비탈에 각각 곰이 겨울잠을 자는
굴이 있었단다.
어느 굴속에 있는 곰이 먼저 밖으로 나올까?
그야 햇빛이 비치어 눈이 녹은 쪽 산비탈의 곰이 먼
저 나온다고? 따뜻하니까. 글쎄, 과연 그럴까?
이렇게 생각해 보렴. 양지쪽 굴에 있는 곰은 눈은
일찍 떴지만 밖을 내다보고 어떤 생각을 할까? 건
너편 산에 아직 눈이 있는 것을 보고는 도로 눈을

감지 않을까?

하지만 응달에 있는 굴속의 곰은 아직 자기 집 둘레에 눈이 덜 녹았는데도 건너편을 바라보고는 눈이 녹은 줄 알고 밖으로 나오지 않을까?

잘 모르겠다고? 그래, 직접 본 일이 없지만 이렇게 미루어 짐작하는 것을 추리라고 한단다.

사람들은 살아가면서 이렇게 여러 가지를 짐작해서 행동하지. 그리고 보니 똑같이 굴뚝에 들어갔다 나온 아이들의 이야기가 떠오르는구나.

어떤 아이 둘이 우연히 굴뚝 속으로 들어가게 되었어. 아마도 무슨 물건을 잘못 던져 넣었던 모양이지. 그런데 나올 때 보니 한 아이는 조심성이 없었던지 얼굴에 검댕이 잔뜩 묻어 있는데, 한 아이는 얼굴이 깨끗했어. 둘은 서로 얼굴을 바라보았어. 한 아이는 웃었는데 한 아이는 웃지 않았어. 누가 웃었을까?

그래, 얼굴에 아무것도 묻지 않은 아이가 웃었어. 제 친구의 검댕 묻은 얼굴을 보고.

둘은 우물가로 갔어. 여기서 누가 세수를 했을까?

당연히 얼굴에 검댕이 묻은 아이가 세수를 했을 거라고?

아니야, 아무것도 묻지 않은 아이가 세수를 했어. 제 친구 얼굴을 보고 나도 저렇게 검댕이 묻었을 거야 하면서 세수를 했지. 그런데 정작 검댕이 묻은 아이는 제 친구의 얼굴이 깨끗하니까 자기 얼굴도 멀쩡한 줄 알고 세수를 하지 않았지. 이렇게 사람은 늘 자기 중심으로 생각한단다.

옛날 어느 농부의 아내는 남편이 시장에 가서 거울을 사 왔는데, 거울을 들여다보고 좋아하기는커녕 웬 여자를 데리고 왔냐면서 거울을 깨뜨리고 말았다고 하지. 그 거울에 비친 여자는 다름 아닌 자기의 모습이었는데 말이야, 하하하!

인성 가꿈이

우리는 이처럼 무엇인가를 잘못 보고 잘못 판단하기 쉽단다. 항상 우리 자신을 바르게 볼 수 있도록 애써야겠지.

3

참을 줄 알아야 크게 이룬다

30
붕어와 개미를 살려 주었더니

자신이 어렵더라도 남을 도와주면 어떠한 일이 생길 것 같니?

마음씨는 착했지만 매우 가난한 젊은이가 있었어. 하루는 일거리를 찾아 서울로 가기 위해 집을 나섰어. 얼마쯤 가다 보니 강이 나타났는데 많은 사람들이 낚시를 하고 있었어. 그런데 풀밭에 큰 붕어 한 마리가 떨어져서 헐떡이고 있는 거야.

불쌍하게 생각한 젊은이가 붕어를 움켜잡으며 물었어.

"어찌 된 일이냐?"

"응, 낚시꾼이 나를 잡아 올리다가 여기에 떨어뜨리

고 말았어. 낚시꾼은 내가 떨어진 줄도 모르고 가
버렸어.”

“저런!”

젊은이는 붕어를 조심스럽게 강물에 넣어 주었어.

이튿날에도 젊은이는 종일 걷다 보니 많이 지쳤어.

힘없이 터벅터벅 걷고 있는데 마침 개미 떼들이 큼
직한 먹이를 끌고 가면서 외치는 거야.

“아저씨, 조심하세요. 우리를 밟지 마세요.”

“그래, 조심할게. 좀 도와줄까?”

젊은이는 개미들이 무거운 먹이를 끌고 쉽게 갈 수
있도록 움푹 팬 웅덩이를 메워 주고 돌멩이도 치워
주었어.

“개미들아, 잘 가거라.”

“네에, 아저씨도요. 고맙습니다.”

사흘째 날에는 마음이 급해졌어.

‘아직 갈 길이 많이 남아 있으니 좀 더 서둘러 가자.’

그런데 나무 밑에 어린 까치가 떨어져 있었어. 지난
밤에 바람이 불어 나뭇가지가 부러지면서 둥지에서
떨어졌던 거야. 갈 길이 멀었지만 젊은이는 그냥 지

나칠 수가 없었어.

"이런, 얼마나 아팠니?"

젊은이는 정성스럽게 둥지를 고친 다음 새끼 까치를 올려 주었어. 그러다 보니 날이 어둑어둑해졌어. 젊은이는 터벅터벅 밤길을 걸어 마침내 이른 아침에야 서울에 닿았어. 무얼 좀 얻어먹을 수 있을까 하고 걷다 보니 궁궐 앞을 지나게 되었어.

궁궐 벽에 큼지막한 방이 붙어 있었어.

"이 문제를 풀면 높은 벼슬자리를 주겠노라."

'이왕 왔으니 과거장 구경이나 할까?'

젊은이는 시험장으로 들어가 보았어. 많은 사람들이 벼슬자리를 얻으려고 모여들었어. 문제는 다음과 같았어.

첫째, 깊은 강물에 빠뜨린 금반지를 빨리 건져 오도록 하라.

둘째, 마당에 뿌려진 좁쌀 한 말을 빨리 주워 모아 오라.

셋째, 높은 울타리 안에 있는 황금 사과를 빨리 따 오도록 하라.

'아이고, 도저히 풀 수 없겠는걸.'

젊은이는 다른 사람들과 마찬가지로 고개를 갸웃거리며 물러 나왔어. 그때였어.

"걱정하지 마세요. 우리가 있잖아요."

강에서 붕어가 입을 내밀었고, 마당에서는 개미들이 모여들었어. 그리고 맞은편 울타리에는 까치가 앉아 있었어.

"아! 고마워."

붕어와 개미, 까치의 도움을 받은 젊은이는 그 많은 사람들을 제치고 가장 먼저 반지를 건져 오고 좁쌀을 모았으며, 황금 사과를 따 와서 합격하였어. 젊은이는 마침내 벼슬자리를 얻어서 잘살게 되었단다.

인성 가꿈이

옛 어른들은 '적선지가 필유여경(積善之家 必有餘慶)' 이라고 가르쳤단다. 즉 '선한 일을 많이 하는 집안은 경사스러운 일이 많이 생긴다'는 뜻이야.

31
참을 줄 알아야 크게 이룬다

"인내는 쓰다. 그러나 그 열매는 달다."
'인내'에 쓰이는 '참을 인(忍)' 자를 생각하니 문득
떠오르는 이야기가 있구나.

어느 마을에 늦도록 아기를 갖지 못한 부부가 있었
단다. 이 부부는 농사일을 할 때에도 "이 농사가 잘
되고, 우리에게도 아기가 생겨서 행복하게 살게 해
주십시오." 하고 기도를 한 다음 시작했어. 그러한
정성이 헛되지 않아 마침내 아기가 생겼지.
이 아이는 부부가 쉰이 넘어 태어났다고 하여 '쉰동
이'라고 불렸어. 그런데 아기가 얼마나 못생겼는지
이웃 사람들이 모두 수군거렸어.

"어떻게 얻은 아들인데 저리도 못생겼을까?"

그래도 부부는 아이에게 '참을 줄 알아야 한다'고 가르치며 정성껏 길렀지.

쉰동이는 무럭무럭 자라나 청년이 되었어. 부부는 나이가 들어 차례로 세상을 떠나게 되었지.

"애야, 참고 또 참아야 한다."

"네, 걱정하지 마세요. 부모님의 가르침을 잊지 않겠습니다."

부모님을 여읜 쉰동이는 길을 떠났지.

"좀 더 넓은 세상으로 나가자. 무엇인가 내가 할 수 있는 큰일이 있을 거야."

쉰동이는 서울로 가서 높은 벼슬을 하고 있는 김 대감을 찾아갔어. 그 집 하인 우두머리가 말했지.

"마침 가마꾼 자리가 비었으니 가마를 메도록 하게. 그 얼굴로는 아무 일도 할 수 없네."

"네, 좋습니다."

김 대감 댁에는 딸이 셋 있었어. 맏딸은 나들이를 할 때마다 '양반은 신발에 흙을 묻혀서는 안 된다'며 가마꾼을 엎드리게 했어. 그러고는 허리를 밟고

가마에 타곤 했지. 그럴 때마다 쉰동이
는 속으로 외쳤어.

'참아라, 참아라, 참아라.'

둘째 딸도 마찬가지였어. 늘 쉰동이의
허리를 밟곤 했지. 그런데 셋째 딸은 그
러지 않았어. 쉰동이의 허리도 밟지 않
을 뿐더러 쉰동이에게 "당신은 무슨 일
이든 잘 참는군요. 참을 줄만 알면 얼굴
은 문제가 되지 않아요." 하며 칭찬까지
해 주었어.

이 무렵, 나라에서는 북쪽 오랑캐가 쳐
들어온다며 어수선하였어. 김 대감은 책
임자였기 때문에 머리를 싸매었지.

그때 셋째 딸이 나서서 말했어.

"아버지, 우리 집 가마꾼 중에 쉰동이라
는 청년이 있어요. 힘도 세지만 참을성
이 많으니 오랑캐 나라에 보내어 전쟁
준비를 어떻게 하고 있는지 살펴보고 오
게 하고, 그 다음에 준비를 하면 되지 않

겠습니까?"

이리하여 쉰동이는 오랑캐 나라로 가서 여러 가지를 살펴보고 돌아오게 되었어. 그런데 하필이면 돌아오는 날 오랑캐들에게 붙잡히고 말았어.

"너 *염탐꾼이지? 어디 맛 좀 봐라."

오랑캐가 불에 달군 인두를 쉰동이의 얼굴에 들이밀었어. 그런데도 쉰동이는 엉뚱하게도 '참아라, 참아라, 참아라'만 외쳤어. 그러자 오랑캐는 "이 녀석, 이거 정신이 이상하구면." 하며 쉰동이를 놓아 주었지.

돌아온 쉰동이는 오랑캐 나라에서 보고 온 것을 자세히 전하여, 전쟁에서 이길 수 있게 했어. 그 공으로 쉰동이는 장군이 되었고, 마침내 김 대감의 셋째 사위까지 되었단다.

인성 가꿈이

참을성이 많아야 세상을 더욱 잘 살아가지 않겠니. 섣불리 결정을 내리지 말고 늘 침착하게 생각하고, 참아야 한단다.

32
황소를 몰고 들어오네

어떻게 하면 왕비로 뽑힐 수 있을까?
지혜가 뛰어나서 왕비로 뽑힌 처녀 이야기를 들려
주마.

옛날 어느 나라에서 왕비를 뽑기 위해 처녀들을 불
러 모았단다. 많은 처녀들이 몰려왔지. 여러 가지
시험 끝에 마지막으로 세 처녀가 남았어.
임금의 어머니가 처녀들에게 찹쌀을 한 말씩 나누
어 주며 말했단다.
"이 찹쌀로 한 달 동안 지내고 오라. 이 찹쌀 말고
다른 것은 절대 먹어서는 아니 된다. 만약 거짓이
드러나면 왕비의 자격이 없어지는 것은 물론, 집안

이 크게 벌을 받을 것이다."

"네."

세 처녀는 찹쌀을 한 말씩 받아서 집으로 돌아왔어.

'이걸로 어떻게 한 달을 버틴담?'

첫 번째 처녀는 곰곰이 생각한 끝에 찹쌀 한 말을 삼십 봉지로 나누었단다.

'하루 한 봉지로 버텨야 한다.'

그 처녀는 허리띠를 졸라매고는 하루 한 봉지씩 밥을 하여 쌀알 한 알도 남기지 않고 깨끗이 먹었어.

'한 톨이라도 아껴서 그릇을 깨끗이 비워야 왕비로서 자격이 있지.'

두 번째 처녀도 쌀을 삼십 봉지로 나누었어. 그런데 두 번째 처녀는 밥을 하지 않고 죽을 쑤었어, 물을 많이 부어서. 그래야 조금이라도 더 배가 부를 것 같아서였지.

'물을 많이 부었으니 배가 고프진 않겠지.'

하지만 두 번째 처녀도 몹시 배가 고팠어.

세 번째 처녀는 좀 엉뚱한 데가 있었어. 집에 오자마자 찹쌀을 한 되나 퍼내어 밥을 지어 배가 부르도록 먹었어.

"아니, 그러다가는 열흘도 못 가서 바닥
나겠다."

옆에서 걱정을 하였으나 처녀는 웃으면
서 말했어.

"배가 고픈데 무슨 일을 할 수가 있겠
어요."

그러면서 남은 쌀을 모두 물에 담가 버
렸어.

"아니, 어쩌려고?"

모두 놀랐으나 처녀는 태연히 물에 담근
쌀로 찰떡을 만들었어.

그러더니 시장으로 들고 나가는 거야.
그 찰떡을 다 팔아 가지고 다시 찹쌀을
사고……. 그러자 찹쌀은 금방 두 말이
되었어. 이번에는 그 두 말로 또 떡을 하
더니 시장에 나가 팔고는 그 돈으로 찹
쌀을 샀지. 이번에는 네 말이나 되었어.
비가 와서 찰떡이 잘 팔리지 않는 날에

는 떡을 경로당 할아버지 할머니께 가져다 드리기
도 했어. 그러니 경로당 노인들이 모두 칭찬했지.

"저 처녀는 *수완이 훌륭해. 마음씨도 착하고!"

"암, 저런 처녀가 왕비가 되어야 해."

이윽고 한 달이 지났어. 쌀 한 말로 한 달을 지낸
앞의 두 처녀는 기운이 다 빠져서 제대로 걸을 수
도 없었어. 다른 사람들의 부축을 받으며 겨우 궁
궐로 들어왔지.

그런데 세 번째 처녀는 큰 황소에다 그동안 떡 장사
를 해서 번 쌀을 가득 싣고 씩씩하게 들어왔단다.

인성 가꿈이

누가 왕비로 뽑혔을까?
무엇인가를 실제로 쓸 줄 아는 실용의 지혜, 그리고
남에게 도움을 주는 행동이 필요하구나.

33

눈 속의 세 사람

오늘은 인도에서 있었던 이야기를 들려주마.

인도 북쪽 지방에는 눈이 많이 내린다고 해.

두 나그네가 눈이 내린 고개를 넘고 있었지. 눈이 얼마나 많이 내렸던지 무릎까지 푹푹 빠지는 바람에 걸음을 옮기기가 몹시 힘들었단다. 거기다가 매서운 바람마저 쌩쌩 불어와 몹시 추웠지.

두 나그네가 헉헉거리며 길을 가고 있을 때 문득 눈 속에 반쯤 파묻힌 무엇이 눈에 들어왔단다. 다가가서 살펴보았더니 그것은 사람이었어.

한 나그네가 말했지.

"아직 숨이 붙어 있는 것 같소. 우리 둘이 힘을 모

아 이 사람을 구합시다."

그러나 다른 나그네는 고개를 저으며 말
했어.

"아니, 그걸 말이라고 하나. 이렇게 눈이
많이 쌓여 혼자서 걷기도 힘든데, *동사
직전인 사람을 데리고 간다면 우리 둘 다
힘이 빠져서 얼어 죽고 말 거야. 저 사람
을 구하려거든 혼자 하게."

그러면서 뒤도 돌아보지 않고 고개를 넘
기 시작했지.

하지만 죽어 가는 사람을 두고 갈 수 없
었던 나그네는 있는 힘을 다해 쓰러진
사람을 업고는 한 걸음씩 앞으로 나아
갔지.

세찬 바람이 느릿느릿 걷는 나그네의 뺨
을 때려 댔어. 하지만 나그네는 등에 업
힌 사람이 정신을 잃지 않도록 노래를
부르고, 이야기도 하면서 고개를 넘었
단다. 시간이 많이 걸리고 힘도 많이 들

동사
얼어 죽음

었어.

그러는 사이 등에 업힌 사람은 정신을 차리게 되었고 고개도 넘었지.

"고맙습니다. 덕분에 목숨을 건졌습니다."

등에 업힌 사람이 뜨거운 눈물을 흘리며 인사했어.

그때였단다.

'아니, 저것은 아까 그 사람 같은데…….'

고개를 거의 넘어왔을 때 두 사람은 눈 속에 쓰러진 사람을 보게 되었어. 앞서 넘어간 나그네였지. 가까이 다가가서 살펴보았더니 이미 숨을 거둔 뒤였단다.

다친 사람을 업고 고개를 넘었던 나그네는 힘은 들었지만 땀이 나서 추위를 이길 수 있었는데, 혼자 고개를 넘던 나그네는 그만 추위를 이기지 못하고 얼어 죽고 만 것이지. 결국 혼자서만 살아남고자 했던 사람은 숨을 거두고, 남을 도와주려고 했던 사람은 살아남았던 거야.

어떠니? 사람이라면 마땅히 다른 사람을 도와야 하

지 않겠니.

옛 어른들도 "하늘의 때가 아무리 중요하다 해도 당장은 땅이 주는 이로움만 같지 못하고, 땅의 이로움이 아무리 크다 해도 사람과 더불어 살아가는 것이 더 중요하다."라고 했단다.

즉 하늘과 땅의 도움도 중요하지만 그보다 더 중요한 것은 사람과 사람의 화합이라는 것이지. 이 이야기처럼 말이야.

인성 가꿈이

사람과 사람이 서로 도와야만 비로소 먹을 것도 나오고 입을 것도 넉넉해질 수 있으며, 또한 생명도 오래 유지할 수 있다는 교훈을 주는구나.

34
죽은 말의 뼈를 사서

이 세상에 쉽게 이루어지는 일이 있을까?
무슨 일이든 준비가 필요한 법이지. 그 준비에는 남
다른 지혜를 갖추어야 하고. 그리고 지금 부지런히
준비를 해야만 나중에 네가 정말로 하고 싶은 일을
마음껏 할 수 있게 된단다.

'매사마골(買死馬骨)'이라는 중국 *고사가 있어. 매
사마골은 '아무짝에도 쓸모없는 죽은 말의 뼈를 비
싸게 산다'는 뜻으로, 귀중한 것을 손에 넣기 위해
서는 먼저 그에 합당한 공을 들여야 한다는 교훈을
주고 있어.
옛 중국 춘추전국 시대에 어떤 나라의 왕이 훌륭한

말을 구하려고 애를 쓰고 있었단다.

"훌륭한 말이 있어야 전쟁에 이길 수 있소. 빠르고 용감한 *천리마가 필요하오."

왕의 말에 신하들은 사방으로 흩어져서 말을 구하려고 *전전긍긍했단다.

그러던 어느 날이었어.

"전하, 제가 훌륭한 말을 구해 올 테니 오백 금을 주시옵소서."

한 신하가 나서서 천리마를 구해 오겠다고 했지.

"그래, 그것 참 반가운 소리요."

왕은 신하의 말을 믿고 오백 금을 내주었어. 그러고는 천리마를 데려오기만을 손꼽아 기다렸단다.

얼마 뒤, 그 신하는 약속대로 천리마를 구했다며 달려왔어. 임금은 잔뜩 기대하며 마당으로 나가 보았지. 그런데 그 말은 하루에 천 리를 달릴 수 있는 튼튼한

고사
어떤 일에 얽힌 옛이야기

천리마
하루에 천 리를 달릴 수 있을 정도로 좋은 말

전전긍긍
몹시 두려워서 벌벌 떨며 조심함

진노
성을 내며 노여워
함. 또는 그런 감정

다리를 가진 살아 있는 말이 아니라 죽은 말이었어. 죽기 전에는 매우 빠르고 용감했던 말이었지.

이에 왕은 크게 *진노하여 그 연유를 물었어.

"죽은 말을 데려오다니, 어찌 된 일인가. 오다가 죽었는가?"

그러자 신하는 태연하게 대답하였단다.

"아닙니다. 처음부터 죽은 말을 샀습니다."

"무엇이라고?"

보통 말 한 마리를 사려면 백 금이면 충분했어. 그런데 죽은 말을, 그것도 오백 금이나 주고 샀다는 말에 왕은 기가 막혔으나 치밀어 오르는 분노를 가라앉히고 조용히 되물었어.

"왜 죽은 말을 샀느냐? 더구나 오백 금이나 주고."

"전하, 지금은 전쟁 중입니다. 서로 천

리마를 구하려고 합니다. 그래서 모두들 집에 숨겨
놓고 도무지 내어놓으려고 하지 않습니다. 그런데
대왕께서 죽은 말인데도 오백 금에 샀다고 소문이
나 보십시오. 살아 있는 말도 아닌 죽은 말이 오백
금이라면 살아 있는 말은 그보다 훨씬 더 비쌀 것이
라고 생각하고 모두가 전하에게 천리마를 팔고 싶
어 할 것입니다. 조금만 기다려 보십시오."

신하의 말대로 죽은 말을 샀다는 소문이 전해지자
과연 천리마를 가진 사람들이 왕 앞에 줄을 섰고,
왕은 천리마를 쉽게 손에 넣을 수 있었단다.

인성 가꿈이

우리가 하는 일도 모두 이와 같지 않을까 생각한다.
우리가 어떤 일에 큰 성과를 거두기 위해서는 먼저
치밀한 계획과, 그것을 지혜롭게 실천하는 자세가 필
요할 거야. 고기를 잡기 위해서 먼저 그물을 쳐야 하
는 것처럼⋯⋯.

35
독서도 중요하지만

세계 여러 나라의 화폐에는 각각 그 나라가 자랑하는 위인의 모습이 그려져 있단다.

우리나라 천 원짜리에는 누구의 초상화가 그려져 있니? 바로 퇴계 이황 선생이란다. 퇴계 선생은 우리나라는 물론 일본이나 중국 등 외국에도 많이 알려져 있단다. 멀리 독일에는 '퇴계사상연구소'가 세워져 있어, 철학가로서 깊이 연구되고 있단다.
퇴계 선생은 스스로 학문에 힘써서 자신을 세계에 우뚝 세운 것이란다.
어머니 박씨 부인이 퇴계 선생을 낳을 때에 꿈을 꾸었는데, 공자가 책을 들고 마당으로 들어오더래.

그래서 퇴계가 태어난 그 집의 문을 '성림문'이라 부르고 오랫동안 보존하였대. '성림문(聖臨門)'은 '성인이 임하신 문'이라는 뜻이야.

퇴계가 태어난 지 일곱 달 만에 아버지가 세상을 떠나자 박씨 부인은 농사와 *길쌈으로 가난한 살림을 꾸려 나가며, 어린 자녀들을 바르게 가르치기 위해 애를 썼단다.

박씨 부인은 늘 자식들을 불러 놓고, "너희들은 아버지가 계시지 아니하므로 남의 집 아이들과 비교될 것이다. 글공부도 잘해야 하지만 무엇보다도 행실을 바르게 해야 한다. 만약 행실이 바르지 못하면 과부의 자식인 까닭에 옳게 가르치지 못해 그렇다고 남들이 손가락질을 할 것이다. 그렇게 되면 훌륭하신 조상들에게 욕을 돌리는 일이 된다." 하고 수없이 타일렀어.

길쌈
실을 내어 옷감을 짜는 모든 일을 통틀어 이르는 말

유유자적
속세를 떠나 아무 속박 없이 조용하고 편안하게 삶

권학시
권학은 학문에 힘쓰도록 권함을 이름. 권학시는 이런 내용을 읊은 시를 말함 또 퇴계 선생의 아버지도 생전에 "나는 먹을 때도 잠을 잘 때도, 앉아 있을 때나 걸을 때에도 글과 함께 하는 것을 잠시도 잊은 적이 없다. 너희들도 이와 같아야 한다. *유유자적하며 세월만 보내면서 어떻게 성취를 바랄 수 있겠느냐."라는 글을 남겼어.

퇴계 선생의 할아버지도 "지금처럼 부지런하고 괴롭게 공부하는 것을 탄식하지 말라. 반드시 훗날 조상에게 다함 없는 효를 바칠 수 있을 것이다."라는 *권학시를 남기고 있어.

후에 퇴계 선생은 이와 같은 아버지와 할아버지의 글을 늘 가슴에 지녔다고 하지.

퇴계 선생은 여섯 살 때 처음으로 이웃 노인에게서 '천자문'을 배우게 되었는데, 아침이면 반드시 세수하고 머리를 깨끗이 빗은 다음 서당으로 갔단다. 서당에 이르면 울타리 밖에서 전날 배운 글을 두어 번 외워 본 후에야 들어갔고, 들어가서는 먼저 스승에게 엎드려 공손히 인사를 올렸단다.

퇴계 선생은 글을 배우기 시작한 때부터 이렇게 성실했던 까닭에 날이 갈수록 학문이 깊어 갔어.

퇴계 선생이 여덟 살 때에는 이런 일도 있었단다. 바로 위의 형인 해가 칼에 손을 다쳐 피가 흐르는 것을 보자 퇴계는 얼른 달려와 상처 난 형의 손을 붙잡고 큰 소리로 울었어. 어머니 박씨가 그 광경을 보고 기이하게 여겨, "정작 손을 다친 형은 울지 않는데 어찌하여 네가 우느냐?" 하고 물었지. 그러자 "형은 나보다 나이가 많아서 울지는 아니하나, 이렇게 피가 흐르는데 어찌 아프지 않겠습니까?" 하고 형의 손을 놓지 않았대. 이걸 보면 퇴계 선생의 성품이 어떠했던가를 알 수 있지.

그리고 훗날 숨을 거둘 때에도 자신의 묘에 비석을 세우지 못하게 했어. 비석을 세우기 위해서 많은 사람들이 고생할 것을 염려한 것이지.

인성 가꿈이

애야, 너도 책을 많이 읽고 지식을 쌓고, 바른 품성을 기르도록 노력하여라.

인성은
평생교육입니다!